~死亡フラグは力でへし折れ！~
エロゲの悪役に転生したので、原作知識で無双していたらハーレムになっていました
夏歌　沙流　イラスト　おやずり

CONTENTS

プロローグ　イベントスチルS―25『告白』　002
ACT1『最悪な気分だ』　007
ACT2『己の価値を証明せよ』　024
ACT3『現実なんてこんなもんだ』　054
ACT4『知りたい』　130
ACT5『大衆の正義なんてクソくらえ』　196
エピローグ『進みたいなら、己の足で』　254
あとがき　274

「気軽にフルル先生って呼んでね！」
フルル・モーレット

～死亡フラグは力でへし折れ！～

エロゲの悪役に転生したので、原作知識で無双していたらハーレムになっていました

夏歌沙流

角川スニーカー文庫

24182

プロローグ　イベントスチルS―25『告白』

王城のバルコニーから見える街並みが、夕日で赤く染まっている。隣で一緒にこの光景を見ている彼女の顔が赤いのは、夕日のせいか。それとも……。

「――さん」

「ん？　どうしたシアン」

パーティーが終わって、ドレス姿の『未来の女王』と共にゆったりとその眺めを見ていた時、彼女がこちらを振り向いて俺の名前を呼んだ。夕日を反射させて輝いている銀髪の前髪の奥から覗(のぞ)く、潤んだ瞳(ひとみ)は不安と決意をないまぜにしたような感情を孕(はら)んでおり、口を開いては閉じてを繰り返している。

二人の間に長い沈黙が流れる。俺はただ彼女の言葉を待った――言いたいことはなんとなく察してはいるが、彼女が勇気を出そうとしているところを遮るのは野暮というものだろう。

「あっ、あのっ！」

「うん」

「あの……」

意を決して顔を上げた彼女はしかし、次第に声が尻すぼみになっていく。大丈夫、時間はいくらでもあるから。

いつまでも待つよ。──そう言外に伝えるために優しく微笑むと、彼女はぽろぽろと涙を零し始めた。

「ご、ごめんなさい……私、どうしても声が出なくて」

「いいんだ、いいんだよシアン」

「良くないっ！　駄目なんです、あなたの優しさにいつまでも頼っていちゃ……」

──私は女王として、一人でもやれなきゃ駄目なんです。彼女がそう言って頭を振りながら取り乱す。

そんな彼女の姿は、大切なものを捨てたくないと悲痛の叫びを上げているように見えて──俺は思わず、顔を覆った彼女の手を取った。そのままシアンを胸元に引き寄せ、俺から離れようともがく彼女を絶対に離すまいとギュッと力強く抱きしめる。

「駄目、なの……」

「駄目なもんか、俺は君がどれだけ必死だったのかを知っている。俺は君がどれだけ不安に駆られていたのかを知っている！　そんな俺が言ってやる、君は駄目なんかじゃない！」

「――さん……」

腕の中にいるシアンの抵抗が緩む。胸に濡れた感覚を覚えながら、俺は優しく語りかける。

「一人でなんでも出来るようになる人なんていないんだ。みんな誰かと手を取り合って生きている、君だって誰かの手を取っていいんだ」

「本当に……良いんでしょうか？　私、女王になるのに……弱くて」

「人に頼ることは弱さなんかじゃない、立派な君の強さだ」

そっと抱きしめていた腕を離し、両手で彼女の手を包み込むように握る。

「……温かい」

「一人だと、この温かさは感じられないよね？」

「――さん！」

シアンがギュッと俺の手を握り返してくる。涙で潤んだ蒼い目は、夕日で煌めいてサファイアのようだ……俺は、彼女と初めて会った日を思い出す。

初めて会ったあの日も、俺は彼女の煌めくその瞳を見て――最も側で見て支えることの出来る台座になりたいと、そう思ったんだ。

──だから。

「私はっ！　とてもわがままな王女です！」

「うん」

「とっても弱いですし、一人は寂しくて泣いてしまいます！」

「うん」

──俺の答えは。

「だから……だからっ！」

「………………」

「私の側で、ずっと！　ずっと私を見ていてください！」

──最初から決まっていたんだ。

「ああ、約束する。俺はずっとシアンと一緒だ」

「～～っ、──さん！」

シアンは花を咲かせたような笑みを浮かべる。握ったままの手の温もりを感じながら、俺とシアンは顔を見合わせた。

「好きです」

「俺も好きだ、シアン」

「……今日はもう少しこのままで良いですか？　私は——さびしんぼうみたいですから」

夕日に照らされた二人の影が、どちらからともなく近づき——重なる。俺は今日のこの日を、絶対に忘れないだろう。

ACT1『最悪な気分だ』

——両者そこまで！　勝者、オルフ様！

雪降る冬空の中、領主の館の庭に響き渡る宣言。その言葉を心待ちにしていたオニキス領の人々が、大きな歓声を上げる。

誰もが勝者を称え、誰もが未来の領主の誕生を喜んでいる。俺はその光景を——地面に這いつくばりながら見ていた。

「タイタン——貴様は我がオニキス家の恥さらしだ！」

「代々『剣聖』と謳われたオニキス家に剣の才がない者が産まれるとは。なんと嘆かわしい」

「やはり次期の領主は貴様には任せられぬ」

——次の領主は、オルフ・オニキスとする！

全身に走る痛みで蹲っている俺に侮蔑の表情を向けながら、領主様……父上が周りにいる民衆に高らかに宣言する。沸き上がる観衆と、それに対して軽く手を上げることで応える俺の弟。

「父上のおっしゃったように、将来はこの僕がオニキス領を守りますので安心してください。まあ？　さっきの試合で僕の強さが証明出来たかどうかは分かりませんが」

暗に『勝負にもならなかった』と、こちらを嘲笑しながらそう民衆に向けて演説しているオルフ。そんな弟の姿を見て――俺は怒りや憎悪の感情より先に、既視感を覚えた。

俺はこの光景を知っている？　周りから『オニキス家の恥さらし』だと侮蔑されるこの光景も、弟のオルフに完膚なきまでに負け、地面に蹲りながら馬鹿にされるこの光景も。

俺は、どこかで――。

瞬間、怒りも憎悪も吹き飛ぶ勢いで俺の脳内に入ってくる『存在しない記憶』。割れんばかりの頭痛と共に脳裏に刻み込まれるのは膨大なこの世界の知識。会ったこともない人の顔や名前が浮かんでは消えていき、聞いたこともない魔法や剣技が呪文のように駆け巡る。

「ぐっ……が、ぁ！」

「あいつ、いきなり頭抱えて苦しみだしたぞ？」

「負けた悔しさで壊れてしまったんじゃないか？　いい気味だ」

周りが罵倒するそんな言葉すらも、俺の頭の中に流れ込んでくる記憶にはすでに一言一句間違いなく存在していた。そして、次の言葉すらも――。

「『おい、放っておけよ。あんな貴族の立場を使って人をいじめるようなクズより、今はオルフ様の勝利を祝おうぜ？』」

「『確かにそうだな、オルフ様万歳！』」

「……っ」

音声と共に流れる文字と、右下にセーブやロードといったコマンドが表示されている緑のテキストボックス。それと同時に想起されるのは、倒れた俺の横で軽く手を上げて称賛されるオルフと、民衆が沸き上がっている場面が描かれたスチル画面。

なんなんだ、これは――。

「う、ぁ……」

「おい、気絶したぞ」

「放っておこうぜ。この寒さだ、そのまま凍死でもすればいいんだよ」

遠ざかる足音を聞きながら暗い闇の底に沈んでいく意識。凍死？　俺は、このまま死ぬのか？

嫌だ。寒い。孤独だ。助けて。痛い。苦しい。怖い。お願いだ――誰か。

「一人は……つらいんだ。死にたく、ない……」

伸ばした手の先には――誰もいない。雪降る十二月の地面は、凍えるほどに、冷たかった。

「んぁ？」

目を覚ますと、俺は雪が積もった地面で倒れ込んでいた。身体が冷え切っていたのか、思わず反射でくしゃみが出る……と、全身に痛みが走り悶絶（もんぜつ）する！

「だぁぁいってぇ！　えっ何、何なの？」

突然の出来事に俺は酷く混乱する。いつものように満員電車に揺られながらクソみたいな会社に行って、クソみたいな上司にへこへこ頭を下げて。『上司が寒い中出勤してるんだから熱い珈琲（コーヒー）の一杯でも淹れるってのがマナーってもんだろカス！』って言う上司に対して『寒いのはお前の髪の毛が素寒貧だからだろうがハゲ！』と内心ブチギレながらも結局言い返せずに珈琲を淹れて。

クソみたいな日常がまた始まっちまったなぁ……なんて考えていたはずだ。

「それなのに、なんで全身ボロボロで地面に倒れてんだ俺？」

いつの間にかスーツじゃなくなってるし。あれ意外と高かったんだけど？

ブツブツと文句を言っていると、凍え切った俺の身体が再び鼻を刺激し始める。あっ、ちょっ、まっ！

「へっきしいいいってえええええええ！」

朝、日もまだ出ていない早い時間に俺は目を覚ます。使用人すらも起きていないこの時間に俺は手早く着替え、木刀片手に一人屋敷の庭に出る。

「ふっ……ふっ……」

冬の冷え切った未明に素振りをするなんて正気の沙汰じゃない、寒いを通り越してもはや痛いし。でも、無意識に『それをしなければならない』という強迫観念が俺をこの極寒に連れ出してくるんだよ。

「だあぁ！　俺は楽して人生生きていきたいのにぃ！」

噴き出る不満をそのまま口に出しながらも、それでも決して素振りをやめない。斬り下ろしからの斬り返し、そこから鋭く斜め上から落ちる袈裟斬り。その一連の動きをただひたすらに繰り返す。

身体に染みついた、『覚えのない動き』。何年も振り続けていたのが素人目でも分かってしまうぐらいに洗練された剣筋。感じるその全てが、自分が転生してしまったという事実を教えてくる。

くしゃみして地面を転がりながら悶絶していた時から一週間が経った。鏡を見れば俺と全然似てない顔が映り、周りの人たちも俺のことを『タイタン』という名前で呼んでくる。連日ハードな会社勤めのストレスで飲み食いしまくり太った身体は、腹筋が割れている細マッチョ体形になってるし、極めつけは毎日太陽が昇る前にこうやって自身の意思とは関係なく起きては素振りを強制させられているともなればもう、俺ではない誰かになったと考えるしかないだろう。

……痛いしつらい。手の皮は剝けるし出来たマメは潰れるし。振り終わったら腕が鉛のように重くて動かなくなるし。

なのに振り続けなければならない。この身体の意思が、休むことを許してくれない。地獄だ、『ゲームの時のタイタンは、こんな努力家じゃなかったのに』。

「四九七、四九八……四九九っ、五〇〇！　っだぁ、半分終わり！」

日が昇り始めたころ、ようやく半分が終わる。休憩とばかりにドカリと地面に座り込む俺に、身体が焦燥感を伝えてくるが知らん！　あと半分も残ってんだからここで休憩とらんと死ぬわ！

「はぁ、はぁ……」

冬の空気は寒いが今はそれが心地いい。火照った身体も瞬間冷却、流れた汗が乾いていく感覚が俺のざわめく心を安らかにしていく。

ゲームの世界に転生した、と表現した方が正しいのだろうか？　視界の端に映る金髪の前髪をいじりつつ、俺はこいつが登場するゲームのことを思い出す。

忘れるはずもない、俺が大学生時代に寝る間も惜しんでやりこんだエロゲ、『学園カグラザカ』。

様々なヒロインと共に三年間の学園生活を送るシミュレーションＲＰＧで、エンディングが百じゃきかないほど存在している超巨大ボリュームであることで有名なそのゲーム。そこで登場するキャラクターの一人であるこいつ、『タイタン・オニキス』という人物は……主人公に対して嫌がらせをしまくって、最後は情けなく殺されてしまう敵キャラだ。

金髪に暗い緑の目を携えたこいつの運命は、まさに悲惨としか言いようがない。『剣聖』の名を持つオニキス家の長男でありながらも剣の才能に恵まれなかった貴族。弟のオルフ・オニキスに親の寵愛（ちょうあい）も、剣の才能も全てが奪われ、残されたのは肥大化した貴族としてのプライドとスキルひとつ出す事も出来ない無才の剣……そんな男に、俺は転生した。

「レベルが存在しないこの世界において、固定化されたステータスの中で強くなるためにはスキルを覚える事が何よりも重要だというのに……」

マメが潰れて血がにじんでしまっている手のひらを見ながら、俺はそう愚痴る。

無数に存在するスキルから自分の戦闘スタイルに合わせてスキルを自由に付け替えることが出来ることが魅力の一つとして紹介されていたこのゲームでは、様々な『スキルビルド』がプレイヤー達によって開発されていた。

光属性の魔法やスキルを取ってアンデッド特攻に寄せた【なんちゃって勇者ビルド】や一撃必殺の技に全てを振り切った【ラスボスワンパンなのにスライムにやられるビルド】。ほかにも【敵に出会った先から殲滅(せんめつ)ビルド】【もうお前が魔王でいいよビルド】といったような面白いスキルビルドを作ってはネット上で盛り上がっていたのを覚えている。

だが、そんな世界に転生してから一週間、剣を振り続けたがスキルのスの字すら見えない現状。無駄だから止めたいと木刀を投げ捨てようともしてみたが、この身体がそれを毎回止めてくる。

クソみたいな日常から転生したと思ったら、もっとクソみたいな状況に置かれている。

俺をこの世界に呼んだ神様が目の前にいたら、しこたまこの木刀でぶん殴ってやりたいぐらいだ。

「つーかスライムぐらいの最弱の魔物ぐらいなら、通常攻撃でも倒せるだろ……別に剣にこだわらなくても、魔法なら時間はかかるけど誰でも習得出来るしそっちにしない？」

俺の身体に投げやりにそう問いかけてみるが、返ってきたのは腹が減ったことを示すグ～ッという音のみ。

はぁ……何やってんだろ俺。さっさとしろとばかりに身体がまた焦燥感を訴えてきたので起き上がって木刀を振り始める。

斬り下ろしからの斬り返し、そこから鋭く斜め上から落ちる袈裟斬り。さて、あと四九九回か。

「うん、やってられんわな」

俺は森の中で一人、真剣片手にそう呟く。もう我慢の限界だ、成果も未来も見えない素振りを延々と続けるぐらいなら俺は魔物を狩ってスキルを閃くか、魔法書のドロップに賭ける。

ゲームの世界なんだったら俺のゲーム知識が光るだろ、意味のない努力なんて無駄無駄。知識チートを使って効率的に、イージーに人生送るべきだぜ。

というわけでやってきました【迷いの森】。スキルの少ない序盤から攻略出来るダンジョンで、オニキス領内にあるから日帰りで通うことが出来るのがおススメだ。

狙いはもちろん魔法書のドロップ。スライムが落とす《パラライズ》という魔法書に用がある。魔力を6ポイント消費して対象に麻痺を付与する魔法なのだが、タイタンのステータスなら五回も撃てるぞ！　弱ぇ……。

「でもこれが消費魔力の一番少ない魔法なんだよなぁ。攻撃系や支援系の魔法は一回で24とか持っていくし」

たった一発しか撃てない最弱の攻撃魔法とか、最低ランクの支援魔法とか何の役にも立たん、ならもう【無才のデバッファービルド】するしかねぇだろ。

【無才のデバッファービルド】——無数にあるスキルを一切取らずに、学園生活三年間で状態異常の魔法のみを習得して敵に嫌がらせするビルド。俺が、こんなネタビルドに人生を賭けないといけないなんて……っ！

『学園カグラザカ』の無数に存在するスキルから好きなスキルを取れるというゲーム性を真っ向から全否定したかのようなスキルビルドを目指そうとしている自分に、俺は深いため息をつく。

——ガサッ。

「っ、来たか！」

自分の運命を呪っていた時に突如、近くの茂みが不自然に揺れ動く。魔物か、俺はすぐさま持っていた剣の剣先をその茂みに向ける。次の瞬間、小さな丸い影が茂みから飛びかかってきた！

初めてリアルで見る魔物の姿、地球では絶対にお目にかかることの出来なかったファンタジーな存在に一瞬動きが止まる。その一瞬が致命的な隙を晒すとも知らずに。

その半透明の塊は飛び出してきた勢いのまま思いっきり俺に突進、そして激突。

「――カッ、ハッ……！」

次の瞬間、見えていた世界が前に流れる。息が……出来ない……？　遅ればせながら状況を理解する。スライムの突進で肺の空気を強制的に吐かされ、俺の身体は思いっきり後ろに吹き飛ばされていることを。

地面をバウンドしながら転がる、身体に無数の擦り傷を作りながら俺は何をされたのかを理解した。

「ガハッ、ゴホッ……最弱の、はずだろッ!?」

吹き飛ばされながらも手放さなかった剣を、杖の代わりにしながら立ち上がる。まるでダンプカーに追突されたかのような衝撃だった、これが……最弱の魔物？

こちらに向かってズリズリと地面を這いながら近づいてくる水色の粘液で出来た球体。この世界に来て初めて感じる『死の恐怖』に、俺の身体は大きく震え始める。

「やめろ、来るな……ッ！」

情けなく剣を振りながら後ずさる俺。ほら……俺何もしてないじゃん。だから見逃してくれよ、なっ？　そんな願いが通じたのか、スライムは止まったかと思うと全身を震わせ始める。

ホッとしたのもつかの間、脳裏にゲーム画面が一瞬よぎる。いや違う、あのモーションは……っ⁉　今すぐ横に跳べ、本能が鳴らす警告に従って受け身も考えずに思いっきり横に跳ぶ！

――ボヒュッ！

顔のすぐ側を大きな塊が通り過ぎた音がする。地面に倒れ込みながら、俺はさっきの全身を震わせるのがスライムの攻撃モーションであったことを今更ながらに思い出す。

「んだよ……何が知識チートだ、知識がなかったら今ので死んでたじゃねぇかよ……」

焦燥、後悔、恐怖。自分の命を軽々しく危険に晒している現実を、俺は今になって初めて自覚する。何がチートだ、何が《パラライズ》に用があるだ!?

逃げよう、俺は立ち上がる暇すら惜しいとばかりに尻もちをついたまま後ずさる。いや、後ずさろうとした。

「おい……おいっ、こんな時ぐらい素直に聞いてくれよっ！　なぁ!?」

――敵を目の前にして逃げることは許されない。それを体現するかのように俺の足がピタッと動かなくなる。

逃げなきゃ死ぬ！　怖い！　動け、動けよっ！　ズリズリとスライムが近づいてくる音に、俺は気を動転させながら必死に自身の足をぶっ叩く。だが全く動かない、それどころか俺の身体は意に反して立ち上がり、剣をスライムに向ける。

スライムが全身を震わせ始める。不味い、またあの突進が来るっ！　恐怖のあまりギュッと目を瞑ろうとする俺の意思に反して、俺の目はしっかりとスライムを見据えた。

そして剣を一閃、見慣れた剣筋から繰り出されるその刃は飛びかかってきたスライムを――両断する。一冊の本をドロップしながら爆散していったスライム、それと同時に身体が支配されている感覚が薄れていく。

「お、おい！　待てよ！」

俺の静止の言葉が無意識に口からついて出る。いつの間にか身体の制御が戻ったのか、自由に身体が動くようになっていた。だがそんなのはどうでもいい！

「お前がいるならお前がやれよ！　身体を動かせるんだろ!?　ふざけやがって、なぁ！」

怖いのはもう沢山だ！　痛いのも嫌だ！　お前は平気なんだろ!?　なんで俺ばっかりにやらせるんだよ！　そう森の中で、さっきまで俺の身体を動かしていたであろう『タイタン・オニキス』に呼びかけるも返事はない。

「んだよ……くそっ……」

苦し紛れに呟いた悪態は、森のざわめきに掻き消えるのだった。

「魔法書、落ちたな。低確率だったから一発でツモったのは運が良かった……んだろうな」

地面に落ちていた本を拾い上げて軽く土を払う。普通は喜ぶべきところなのだろうが、さっきの戦闘が頭の中にずっと残っていて素直に喜べない。

「とりあえず、帰るか。スライムにまた見つかるかもしれないし、素振り四九九回も残ってるし……」

本を片手に【迷いの森】を出る。森の木々に隠されていた太陽は、いつのまにか天高く昇っていた。

屋敷に戻って、本を自室のベッドに投げ置く。真剣を腰から外し、代わりに木刀を携えて部屋を出る。

「おやぁ？　そこにいらっしゃるのは、『僕に負けた』、お兄様ではありませんかぁ？」

――嫌な奴と顔を鉢合わせてしまった。俺は渋い顔をしながらノータイムで部屋の扉を閉める。あれ？　どうしちゃったんですかぁ？　と扉をノックしながら半笑いで俺を呼びかける声がするが無視をする。

「木刀持っていましたよね、まだ諦めきれないんですか？　……さっさと諦めろよ、もうお前は全て失ったんだよ」

「…………」

――うるさい、黙れ。耳を押さえて聞こえないふりをする。心の底から劣等感と憎悪が湧き上がるのが気持ち悪い……そんな俺の気も知らずに、部屋の外ではオルフの俺を煽る声が続く。

「無能は何を努力しても無駄なんですよ！　こんな無能な兄を持つだなんて、僕はなんて不幸なんだ！　そう思いませんか、ねぇお兄様!?」

「…………」

「まぁ、この家にあなたの場所なんてもうないので？　お兄様が四月から学園で寮生活と考えると、二度とその顔を見ないで済むというのが幸いですが」

次に顔を合わせるまでにはその木刀捨てておいてくださいねーと、言いたいことを言ってすっきりしたのか自室から遠ざかっていく足音。力なくだらりと腕を下ろし、天井を見上げる。俺だってオルフが言ってる事に完全同意だよ、無能は何を努力しても無駄——そう考えていた……考えていたはずなんだ。

「なのに——なんで俺はこんなに悔しいんだよ……ッ！」

俺は乱暴に床に拳を叩きつけて行き場のない心の底からの怒りをぶつける。俺が毎日やりたくもない素振りをしているのも、今日俺が死にかけたのも、『全部無駄』だと？

ああ、前の俺だったら『確かにそうだよな』と変に納得してさっさと諦めていただろう。そっちの方が楽だし、成果が出なかった時の心の傷も浅く済む。

だけどよ……俺は叩きつけた拳を開いて、何度もマメが潰れて皮が厚くなった手のひらを見る。

手が血みどろになるまで木刀を振り続けてマメが潰れる痛みも、才能という武器がない状態で魔物と戦う恐怖も知らない奴に、『無駄だ』と言い切って笑われることが——どうしようもなく腹が立つ！

「絶対に見返してやる……ッ」

怒りの感情をそのままに、木刀と魔法書を持って外に出る。努力っていうのは、他人からバカにされるとこんなにも腹が立つものなんだな……そういう意味では転生する前の俺は、正しい意味で『努力する』という行為をしてこなかったのかもしれない。

俺は、木刀を構えて振り始める。この世界に転生して初めて自らの意思で振った五〇二回目の木刀は、とても重くて——不格好だった。

ACT2 『己の価値を証明せよ』

初めて魔物と戦った日から二ヶ月が経った。毎日素振りをしながら《パラライズ》の魔法書を読み続けた俺の日課には最近、魔物の討伐が追加されている。

「よっ、はっ！《パラライズ》！」

スライムを中心にして一定の間隔を保ちつつ剣を振るう。全身を震わせる動作をスライムがしたらすかさず《パラライズ》！

——ヒューン……。

初めて見た時のような目にも留まらぬ速さはどこへやら、スライムの突進には勢いがなく遅い、これなら俺でも、目を瞑らずに見ていられる。スライムの突進する軌道に合わせて、一閃。スライムは両断されながらその身体を消滅させた。

「ふぅ、これで三匹目。《パラライズ》はあと二発使えるし、あと二匹狩ったら帰るか」

あの日から、自分の身体が支配されることがぱったりとなくなった。俺が能動的に努力することをし始めたせいなのかどうか分からないけど、自分の意思で身体を動かすことが出来るというのは案外清々しい。

俺は剣に付いたスライムの粘液を拭きとりながら、タイタンに身体を動かされていた時のことを思い出す。なぜ、あいつは俺が身体を動かしている事を許容しているのだろうか？あいつは自分の意思で身体を動かせて、俺が呑み込まれそうになるぐらいの強い感情を持っているのに——こんなふうに俺に身体の主導権を渡したままだ。

タイタンの性格なら絶対にありえない。他人は信用しない、傲慢で強欲……そんなあいつが身体を乗っ取られるとなれば、俺の精神を巻き込んで自壊するぐらいやってのけるだろう。

「……なんでお前は、俺を自由にさせているんだ？」

そう剣身に映る俺に問いかけてみるが、返ってくるのはちょっと歪んだ間抜け面。少し時間を置いてみても、返事がくるようなこともない。

「はぁ、だんまりかよ……」

寒空の中、俺は白い息を吐きながら次のスライムを探し始める。経験値とかレベルとかの概念がないこの世界でも、恐怖に慣れるために魔物を倒すことが役に立っていた。

二月ともなると、寒さが和らぐ……はずもなく。【迷いの森】ではうっそうと茂る木々の枝にこんもりと雪を積もらせていた。お陰で地面には雪が少なく歩きやすい。

ゲームならスライムの他にも、ゴブリンという緑色の体色をした小鬼も敵として本来なら出てくる——はずなのだが。

「寒すぎて、洞穴で冬眠してやがるな」

洞穴の入り口から身を隠しつつそーっと中を見た俺はそう呟く。中では身を寄せ合ってすやすやと寝ている小鬼が数匹、動物の毛皮を何枚か置いただけの敷物の上で、腹を出していた。

この洞窟を見つけたのは本当に偶然だ、俺が記憶している【迷いの森】のダンジョンマップにない場所だったので、興味本位で覗いてみただけ。

「魔物だから、倒しても——いいんだけど」

「すかー……」

「すぴー……」

「ぎゃう……ぎゃぉう……」

すっげー気持ちよさそうに寝てるゴブリンを奇襲する外道さは残念ながら持っておらず、

そそくさと俺はその場を離れる。

不満の感情が内から湧く。どうやらタイタン的には『殺す』が正解だったらしい。まあゴブリンが三匹もいて撃てる《パラライズ》の数があと二発なんだからあの場で戦ってもな？

そんな言い訳を思い浮かべつつスライムを探しながら、俺は最近感じている、『ゲームと現実の違い』に悩んでいた。

ゲームでは季節に関係なくどんな時期でも魔物は確率通りに出てきた。だがこの世界では違う。

「ゴブリンは冬を越すために洞穴で冬眠しているし、スライムは【迷いの森】の中でも湿っぽい場所——茂みの下や池の近くじゃないと見つからないし」

なのに倒したら死体も残らず消えてドロップ品だけ落とす。変なところだけはゲームっぽいんだよな——才能がないとスキルを覚えられないところも含めて。

「っと、これで……五匹目ッ！」

——ピギュゥ……。

《パラライズ》の最後の一発をスライムに当て、飛びかかってきたところをカウンターで両断。だいぶ慣れてきたな……《パラライズ》を覚えて一ヶ月も繰り返していたらもう作業感が強い。

魔物と対峙する時の恐怖は、《パラライズ》のお陰で大分緩和された。毎日素振りを一〇〇〇回して、疲れた身体に鞭打ちながら深夜にランプの中で揺らめく火だけを頼りに魔法書を読み切った甲斐があったというものだ。あんなに怖かったスライムも今ではスパスパと斬れてしまう、まあ五匹限定だけど。

「ふぅ……」

疲労と軽い空腹を覚える——そういやスタミナの概念もゲームではなかった仕様だよな。疲れすぎると剣筋がブレてスライムを倒し損ねるし、腹が減ると集中力が切れて空振りが増える。

「まあ、それが現実では普通だよな」

そもそもずっと最高のパフォーマンスを出すことが出来るゲームの世界が特殊なんだと俺は剣を収めながら思う。額の汗をぬぐいつつ、現実とゲームの差異を実感していた。

「そろそろ……入学式か」

森の奥を見やりながら一人呟く。四月の一日、ゲームの本編が始まる時であり——俺が死ぬカウントダウンが始まる日。その時が刻一刻と近づいてきていた。

「そろそろ、ボス攻略を視野に入れておかないとな……」

【迷いの森】のボスを頭の中で想像しつつ、俺は来た道を戻っていく。学園に入学してからは、このダンジョン以上に強い敵と戦わないといけないイベントがわんさかある。俺が生き残るためにこの【迷いの森】のボス程度、倒せなきゃ俺は終わりだ。

「よっし、帰るか」

地面に取りこぼしたドロップ品はないか確認してから屋敷に戻る。森を抜けると、夕日が山の奥に沈んでいくのが見えた。

【迷いの森】から屋敷に帰ると時刻は既に夜、食事をしようとダイニングに向かうと、そこには俺の食事だけがぽつんと置かれた広いテーブルが――いつものことだ。

俺は一人席に座り、すっかり冷めてしまったスープにパンを浸して食べる。うん、熱々だったらもっと美味かったんだろうなって味だ。誰もいない一人きりの食事、静寂の中で食器が皿に当たる音だけがダイニングをにぎやかしていた。

「孤独だ」

無意識にそう零した言葉は、ため息とともに消えていく。そんな時、ダイニングの扉が開く。入ってきたのは――。

「タイタン、貴様に話がある」

オニキス領現当主、ブラド・オニキス……俺の父親であった。

「食事は続けろ、使用人がいつまで経っても皿が片付けられぬと嘆いていた」

「は、はい」

ブラドは冷たくそう言い放ち、俺の横を通り過ぎる。上座に座った彼は、不機嫌そうに俺の食事を見ていた。

オルフと同じ紅い髪を短く切り揃え、その体格は歴戦の戦士を思わせるほどに筋骨隆々である我が父上。威厳というかオーラで思わず萎縮してしまうほどだ、俺は冷や汗をかきながら急いでパンを喉に詰め込む。

「貴様は一月後に学園に入学することは、分かっているな?」

「……っはい、存じております」

「今年度はこの国の王女がご入学される。分かっておるなタイタン――」

――貴様は何もするな、これは命令だ。

そう続けた父上の言葉に、胸の内が凍り付くような感覚を覚える。お前には何も期待していない、そう父上の目が語っている。俺が思わず食事する手を止めた中、ブラドの言葉は続く。

「才能はなくとも貴様はオニキス家の人間だ、『王女と同学年』というのは貴族にとっては発言の影響力を拡大させる手札の一つになる」

「………………」

「別に取り入ろうとしなくてよい。むしろするな、オニキスの名も出すな。分かったな？」

「……父上にとって、私とはなんですか」

「ん？」

俺の口が勝手に開く。怒り、困惑、希望——そんな感情がグルグルと胸の内を回る中、俺の中にいるタイタンが言葉を紡ぐ。

「私は、ただ貴族の話題のタネになるだけの……そんな存在なのですか？」

「そうだ」

「っ……！」

「『大事な息子』とでも言われたかったのか？　ならば愚かだな、オニキス家は『国の矛』——弱き者は我がオニキス家には不要。そんな貴様をわざわざ学園に入学させ、あまつさえ卒業までオニキス家の末席を汚すことを許している意味を考えよ。価値のないお前は、せめて最後に貴族の話のタネぐらいにはなれ」

これ以上話したくないとばかりに席を立ち、ダイニングから出て行くブラド。一瞬でも孤独の自分を見てくれた、期待してくれたという勘違い……それが一層タイタンの心を闇に落とす。

「ふざけるな……」

激しい憎悪と絶望が俺の身体を支配する。憎い、憎い憎い憎い憎いっ！　親が、弟が、才能が全てのこの世界が！

「ふざけるなっ！」

途中だった食事の皿を激情の赴くままにテーブルから弾き落とす。ガシャーンと甲高い音を出しながら落ちる銀の食器に映った俺の顔は——酷く歪んだ笑みを浮かべていた。

「だったら……全てを台無しにしてやる」

その言葉を最後に、スーッと憎しみが薄れていく。身体の支配が元に戻ると同時に、俺は強烈な吐き気に襲われる。

「うぇ……きぼちわるい……」

その場にしゃがみ込んでギュッと目を閉じる。だんだんとクリアになっていく思考、それと同時に湧き上がるのは——憤りの感情。

親に期待されていないのは分かっていた、才能がないことも分かっていた……だがそれでも、タイタンはマメが潰れても努力を重ね続けた。弟のオルフに全てを奪われ続けた人生であったとしてもだッ！

だがブラドはそんなタイタンを「話のタネ」と評価した。お前の努力は無駄だと言い切りやがった！　くそが……ッ！

「価値がないとか、お前が決めつけんじゃねぇよ……」

吐き気が引いていくのを感じながら、俺はそう呟く。今の俺は努力を貶されることがどれだけムカつくことかを知っている。だから、ブラドの言葉はタイタンにとって絶望ものだったかもしれないが、俺にとっては『うるせえおっさん』とイラつく言葉にしか聞こえない。

「成果……成果だ……ッ」

部屋に戻って【迷いの森】に行く明日の準備をする、いつもより入念に。スライムを毎日相手にすることで速い敵に対して《パラライズ》を当てる方法は学んだ、毎日血がにじむほど素振りを続けたことで剣の振り方は身体に痛いほど叩き込んだ。

「覚悟は、ついさっき出来た。たとえ死んだとしても、タイタンだってそうする……はずだ」

そっと剣身に指を当てつつ、俺は気合を入れる。生きるために、自身の価値を証明するために……ボスのソロ討伐、やってやろうじゃねぇか。

次の日、いつものように日が出る前に起きた俺は日課である素振りを始める。ずっと毎日やっていたせいか、最早これがないと落ち着かない身体になっていた。

斬り下ろしからの斬り返し、そこから鋭く斜め上から落ちる袈裟斬り。その一連の動きをただひたすらに繰り返す。一挙手一投足、体中に意識を張り巡らせて寸分のブレも感じられないように木刀を振る。

「っふ……っふ……」

身体に変な緊張もなく、思考もクリア。頭の中にあるオークの攻撃パターンも全て覚えている……よし。

「九九八……九九九っ、一〇〇〇！」

日課は終わらせた、始めた時からずいぶんと手早くなったものだと汗を拭きながら思う。成長は感じている、今の俺なら——きっと。

「さて、やるか」

木刀を自室に置いて、代わりに腰に下げるのは自身の愛剣。何の変哲もないけど、転生してからお世話になり続けた鉄のロングソード。

忘れ物がないか確認をし、俺は【迷いの森】の最深部に赴く。道中のスライムやゴブリンは総じて無視、《パラライズ》は五回しか撃てない以上戦闘は出来るだけ避けるべきだしな。

いつもより慎重に、そして素早く——二ヶ月間通い続けて慣れた獣道を歩きつつ、頭の中にある【迷いの森】の奥へと歩みを進める。


「……ここか」

獣道が途切れ、開けた場所に出る。奥には入り口が大きめの洞窟があり、中から荒い大きな獣の鼻息が反響してここまで聞こえてくるのが分かる。

俺が歩みを進めると、奥の洞窟からこちらに向かってくるような足音が聞こえてきた。

そういやイノシシの嗅覚って人間と比較にならないんだっけか……。

「こいつがオークか。現実で見ると、中々に迫力があるな」

石槍を持って鼻息荒く洞窟から出てきた二足歩行のイノシシ頭を見て、俺はそう呟きながら剣を抜く。ゲーム内での図鑑説明では、奴の体長は三メートル近くあるらしい——巨大なその体躯は厚い毛皮と筋肉で覆われており、赤く光る目は怒りを携えてこちらを見据えていた。

冬眠を邪魔されたからなのだろうか興奮で鼻息が荒い。槍の穂先をこちらに構えて、口から白い息を吐いている。

「許せとは言わん。俺の価値を証明するために――そのためだけに、今ここで死んでくれ」

――グオオオオオオオオオオオオオッ！

俺の言葉に呼応するように、オークが思いきり吠える。ビリビリと揺れる空気に感じるのは威圧と殺意。

怖い――が、逃げない。もしここで逃げたら、俺はそのことを一生後悔しながら最期まで死ぬように生きるだろう。

だから俺は嗤う。オークの殺意も、自身の恐怖も、他人に決められた人生も……全てを俺は嘲笑ってやる。俺が生きていくために、俺の今までの努力の成果を証明するために。

「来いよオーク。これより俺は、貴様の人生を終わらせる『悪』になる」

戦いの火蓋が切って落とされた。

「ッシ！」

――ゥオウ！

魔物に対して長期戦はこちらに不利……今までのスライムとの戦闘で痛感したその事実。

俺は十全に動けるスタミナがあるうちに決着をつけようとこちらから先制攻撃を仕掛け

る！

身体の大きい生物は代わりに小回りが利かないはずだ――俺は低く身を落としながら走り込み、懐に潜ってオークとの距離を詰めて石槍が振りにくい状況を作る。だが、オークも警戒をしていたのか首元を狙って素早く突き出した俺の剣は、力任せに振られた石槍の柄に弾き飛ばされ簡単に懐に入り込ませてもらえない。

上に弾かれて軽く浮いた俺の身体にオークが追撃とばかりに槍を突き出そうとする……が、姿勢を低く接近していた俺の剣を上に弾くには相当無理な姿勢にならざるを得なかったのか、追撃のために槍を引く動作に時間がかかっていた。

その間に俺は体勢を立て直し、轟音（ごうおん）と共に突き出される槍を受けずに流す。重いッ……!?　俺の剣が槍を突き出す勢いで後ろに引っ張られる、持っていかれるほどではないが反撃が出来ねぇ！

無理やり剣を前に持ってきたころにはすでにオークとの距離は離され、仕切り直しとなっていた。たった一合、打ち合っただけで『ボス』という存在が、今まで戦ってきた魔物と別格であることを実感する。

「速い上に一撃が重い……分かっちゃいたけど、『ボス』ってやべぇな」

――グルウゥ……。

ゲームなら受け流しが成功した時点で反撃ダメージが入っていた、だが現実は相手の力任せの一振りでリセットだ。奇襲の形で行った先制攻撃も見せてしまえば二度目は通じない、オークは先ほどよりも低く槍を構えてこちらの突進を警戒している。

相手の一撃が重いことはゲームで戦っていた記憶から予想出来ていた、だから受けずに流すことをノータイムで選択出来た。

ゲーム知識は役に立っている、だから分かる……圧倒的にステータスが足りないということに。俺に筋力があれば受け流しからの反撃が出来た、俺に素早さがあればそもそも初撃で首に剣を突き立てることが出来た。

スキルがあれば……もっと簡単に戦闘を行うことが出来ただろう。脳内で無数に選択肢が存在しているのに、ないない尽くしで全てが実行不可能。あるのは貧弱なステータスと、五発しか撃てない《パラライズ》。

「嘆くなタイタン・オニキス！　証明するんだろ、ここでッ」

出来ないことを探す俺を叱咤するように声を出して気合を入れる。今あるもので出来ることを考えろ！　幸いオークの槍は対処出来る、何かを思いつく時間ぐらいは稼げるはずだ。

オークが突き出した槍をいなし、躱し、転がるように回避しながら俺は頭をフル回転させる。身体が思うように動けているのは、それこそ今まで努力してきた成果なのだろう。

反撃は考えない、攻撃が当たらないことに全神経をとがらせる。

「とりあえずッ、《パラライズ》！」

まずは麻痺させないと活路は見えない、俺はオークが槍を引き戻す動作に合わせるように《パラライズ》をオークに向けて放つ。これで残り四回……。

――グ……オオオオオオオオッ！

「くっ⁉」

オークが突き出した槍は確かに目に見えて遅くなった、だがそのせいで受け流すタイミングがずれて頬を浅く斬られる！　幸い致命傷にはならなかったが割と無謀なことをしてしまったな……頬を伝う血が気持ち悪い、服の袖で血をぬぐいながら後退する。

距離を取ればリーチの長い槍の独壇場なのだが、《パラライズ》で麻痺状態になったオークの攻撃はさっきよりも遅く軽い。速さが乗ってないからか、これなら！

「っだああああああああああ！」

――グォ⁉

槍の突きに対して剣を添え、後ろに流す。剣はさっきよりしっかり手元で握り込めている！　そのまま俺は刃を滑らせ、オークの胴体に剣を叩き込んだ！

――バキィ……。

「は……？」

耳に残る嫌な破砕音、目に映るのは巨大なオークの身体と――中ほどから砕け散った剣の破片。その事への理解を拒んだ俺は、オークの目の前で身体を硬直させ決定的な隙を晒してしまう。

そこを見逃すはずもないオーク、槍を引き戻す時間すらもったいないとばかりに空いた左手で思いきり俺の胴体に拳を撃つ！

一瞬意識が消し飛ぶ――気が付いた時には全身に擦り傷を負いながらえずいて地面を転がっている自分がいた。手から剣は離れ、目は霞んでいる。そうか……俺は攻撃されたのか……。

「が、うぇ……」

――グルルゥ……。

ズシンズシンとこちらに近づいてくるオークの足音がする。俺がまだ生きているのを知っているからか、その足取りは警戒で遅い。しかし一歩も動けない俺との距離は確実に埋まっていく。

……怖いという感情は意外と感じなかった。どちらかというと「満足した」という感情の方が大きい。必死に足掻いて頭を回して、それで一太刀。ダメージも入らない弱い一撃が、それでも俺が今出せる全力。まったく、転生してから酷い人生だった……。

転生したら身体に雪が積もって寒いし、日が出てないうちからやりたくもない素振りを強制されるし。初めてダンジョンに潜ればスライム相手に死にかけて、努力しても周りに馬鹿にされ続けてさ。

ほんと、ロクな人生じゃなかったよな――。

「で、済ませられるわけ……ねぇよなぁッ！」

地面に爪を立てながら気力で身体を起こす。全身が悲鳴を上げるが知ったこっちゃねぇ……俺はまだ動ける！

あぁ、確かに怖かねぇよ、満足も多少はしたさ。だがな……そんな成果にもならないもので終われるような、生ぬるい覚悟で来てねぇんだよッ！

足が震える、さっきから呼吸をする度に胸が痛いせいで浅い呼吸を繰り返している。肋骨を何本かやっちまったか？　誰が見ても満身創痍――それでも俺は立ち上がって近づいてくるオークに不敵に笑う。

「俺の、努力は、誰にもッ、否定させねぇ！　このッ、現実でさえもなぁッ！」

《パラライズ》はまだ四回残っている、剣もまだ半分刃が残っているだろ。さあ頭を回せタイタン・オニキス、目の前の敵を『殺す』ために、俺の価値を証明するためにッ、残っている己の全てをここで賭けろ！

――グルオオオオオッ！

「囀るな獣がッ！　《パラライズ》！」

オークの突進に合わせて俺は《パラライズ》を放つ、先ほどよりもさらにもう一段階スピードが遅くなったオークがこちらに向かってくる。俺は倒れ込むように横に転がりながら槍を回避、全身が軋むような痛みを無視しつつ、落とした剣を素早く拾った。

状態異常の二段階変異――同じ状態異常は二回かけると効果が強まるゲームの仕様だ。これなら何とか、今の満身創痍の俺でも回避出来る。ゲームの知識がなかったら死んでいた……って、初めてスライムと戦った時もそう思ってたな。

手札は残り三回の《パラライズ》と、半ばから折れたダメージの通らない剣。あとはゲームの知識と――体に染みついた剣技。

「っは！　全力を出したにしては、使える手札が残りすぎてるなぁ!?」

少しでも満足したという感情を持った先ほどの自分を鼻で笑いながら、もう一発《パラライズ》をオークに向かって放ってみる。単なる思い付きだが、さてどうなる!?

――カランカラン……。

オークが、石槍を落とした。すぐさま拾おうとするが、手に持った瞬間にまた地面に取り落とす。槍を握りこむ握力が急になくなったかのように――。

――グ、グッオォ……？

「そうか、《パラライズ》の仕様か！」

この時俺は初めて明確に、ゲームと現実の違いを理解した。そもそもゲームでの《パラライズ》の効果は相手の行動順位を下げること、だから俺はこの魔法を相手のスピードが落ちる魔法だと認識していた。だが《パラライズ》はあくまで『対象を麻痺させる』魔法。重ね掛けによってオークの手足は痺れ、三回目にして石槍を持てないほどまでに握力の低下した結果が今の光景！

オークは槍を持つことを諦め、手を地面に着ける。獣のように姿勢を落とし、自身の巨体で俺を轢き殺そうと突進の構えに入った。

「これだ……この仕様に何か……ッ」

それに対して俺は、折れた剣をオークに向かって構えつつ《パラライズ》の説明欄を思い返す。見えた一筋の活路に、全力で思考を没頭させろッ！

『魔力を6ポイント消費して対象に麻痺を付与する魔法』

このたった一文に、あらゆる仮定をぶつけては消していく。数秒にも満たない時間で、俺の脳は高速でトライアンドエラーを繰り返し続けていた。

「麻痺……付与、対象……」

――グオオオオオオッ！

オークの叫び声と共に、ドドドドドッと地響きが聞こえてくる。焦る感情と共に脳の処理速度が落ちていく……ッ！　早鐘を打つ心臓の音が酷くノイズだ、静まれよクソ――。

「ッ、そうか心臓か！」

無意識に躱そうとしていた身体をぴたりと止める。対象をオークではなく、『オークの心臓』に指定出来れば……。

「人為的に心筋梗塞を引き起こせる？」

でもどうやって？　その方法を思いつく間もなくオークがこちらに向かってくる。一瞬止まったせいで躱しきれずにオークの口から伸びる大きな牙に脇腹を浅く持っていかれる！

急激に後ろに身体を持っていかれる感覚、ビリッ！　と服が破ける音と共に俺は後ろに倒れ込む。

ズザザザァ、と突進の勢いを殺しきれずに長い距離を滑る音がする。手足が痺れて力が入らないから止まれないってところか……ガハッと血反吐で地面を濡らしつつ、俺はオークの方に向き直るように起き上がる。

お互いに決定打に欠ける状況——このまま残ってる二回を撃ちこんだところで、全身を痺れさせることは出来ても殺せないだろう。

なら俺は、一か八か『オークの心臓』を指定して《パラライズ》を撃つことに賭ける。引き分けなんて要らない、絶対に殺しきってやるっ！

自身の手から放たれる紫の稲妻。魔力が抜ける脱力感と共に素早くオーク目掛けて飛んでいったそれは、オークの胸……ではなく、左足に当たって消える。

対象と魔法の間に障害物があったら駄目ってことか。何も変化しているように見えないオークの姿から考えるに、指定箇所に当たらなければそもそも《パラライズ》も入らないって感じか？

「ってことは、直接叩き込んだらいいってこったろ……」

反転してこちらにまたもや突進をしようと後ろ脚で荒々しく地面を掻くオークに、最後の力を振り絞って剣を構える。さっきから身体が悲鳴を上げて仕方がない、スタミナも切れかかっていて《パラライズ》は残り一回。俺に次は……ない。

「っは、次なんか要らねぇ！　今、ここで！　決めんだよ！」

俺は吐き捨てるようにそう言いながら、オークの突進に合わせて俺も距離を詰めるように走り出す！　今まで見せてこなかった俺の行動に驚いて急停止しようとするオークだが、手足が痺れて思うように動けないオークの巨体はそのまま俺に突っ込んでくる！

「ッ、だああああああ！」

俺は走りながら身体を倒し、地面を滑るようにスライディング。四本足で走ってるオークの心臓を正面から狙うならこれしかない。

巨体が眼前を通る――今ッ！

「《パラライズ》！」

――ッ！

腕の長さと折れた剣のリーチを足して、ギリギリ届く距離にあったオークの胸に剣先から放たれた紫の稲妻が当たる。

俺はそのまま地面から立ち上がろうとするが、両腕に力が入らず寝ころんだまま動けない、くそっ……限界か。

――グ、オォ……ッ！

「っ、まだ、息があんのかよ……ボスの生命力、半端ねぇ」

くぐもったオークの声に俺は驚く。もう身体が限界だっつーのに……そう思いつつも、俺は反射的に頭を地面に擦りつけてでも身体を無理やり起こそうとしている。もう全身はボロボロで、さっきから視界がぼやけて仕方がない。『対象』の指定が甘かったから《パラライズ》の効きが弱まったのか？　それとも厚い筋肉に守られたか？　いや、今はそんなことどうでもいい……あいつはまだ生きている。俺が立ち上がるには十分すぎる理由だ。

手から剣がするりと抜け落ちる。もう剣を握る握力も残ってないか……振り返ると、そこには激しく取り乱して胸を叩いているオークの姿があった。その腕の力は心臓を動かすには弱々しく、三回の麻痺（まひ）の重ね掛けが効いている。

俺は足を引きずってオークに近づいていく。自分の歩みの遅さについ笑ってしまいながらもゆっくりと、着実に、俺とオークの距離は埋まっていく。

数分なのか数秒なのか、やっとの思いで俺がオークのもとにたどり着いた時には、オークの動きはひどく緩慢になっていた。麻痺によって心拍数が下がり、手足を満足に動かせなくなっているのだろう……俺は地面に仰向けに転がっているオークを見下ろしながら、なんとはなしに話しかける。

「強かったよ、お前」

――………。

「お前のお陰で、俺はもっと強くなれる」

――グルゥ……。

「……誇って逝け、自身が俺という存在に価値を与えたことに」

俺のその言葉を最後に、オークの動きが完全に止まる。爆散して光の粒子に変わったオークが残したドロップ品を眺めていると、足の力が完全に抜けた。もう身体を支える力も残ってない、俺はそのまま地面に仰向けに倒れ込む。

酷く独善的で、そして傲慢(ごうまん)な理由で始まった死闘。奴は生きるために戦い、俺もまた生きるために戦った。どうせ最後の言葉はオークには分からなかっただろうが……まあ、なんとなく言いたかっただけだ。深い意味はない。

「勝ってやったぞ……ざまあみやがれ、クソ世界」

雪が降り始めた曇天を見上げながら、俺は拳(こぶし)を突き上げる。成果は出した、価値も証明した……俺は。

「生きてやる。世界も、運命も、俺が全て否定してやる」

俺という存在を、意地汚く、傲慢に、この世界に刻み込んでやる――木々がざわめく森の中で、一人の悪役貴族は嗤(わら)うのだった。

帰宅後。俺はボロボロの身体を引きずりながら、ある場所に向かう。廊下が血で汚れるが関係ない、使用人たちがドン引きしながらこちらを見ているが関係ない――あのクソ親父に言わなきゃならないことがある。

ブラドがいつも仕事をしている執務室にたどり着く。視界がぼやけるが、まだ気絶するわけにはいかねぇんだよ……俺はノックをする手間すら惜しいとばかりにドアを荒々しく開ける。

「……貴様はノックすらも知らないのか？」

不満げに書類仕事をしている手を止めこちらを見てくるブラドに、俺は歩きながら近づく。

「父、上……」

ふらつく足を気合で床に縫い付ける。飛びそうな意識を、胸を叩くことで繋ぎ留める。

ダンッとブラドの前にある机に両手を叩きつけながらクソ親父の顔を間近で睨んだ。

ピクリとも表情を動かさないブラド――その顔、思いきり歪ませてやるよ。

「……私、いや、俺は。無価値じゃない」

「そうか。言いたいことはそれだけか？」

邪魔だ、と目で訴えかけるブラドを無視し、汚れて擦り切れたズボンからオークのドロップ品の一つ、《オークの牙》を机の上に放り投げる。

「剣が折れた、これで新しいのを用意しろ」

「……何もするなと、厳命したはずだが？」

「価値がないなら、だろ？」

得意げに笑うボロボロの俺と、オークの牙を見て俺が何をしてきたかを理解したブラドの顔は、その時初めて苦渋に満ちる。

ああ、その顔だ……その顔が見たかった。暗くなっていく視界の中、俺はブラドを指さしながら口角を上げる。

「これで……てめぇの、言うことを聞く、必要はなくなったな。父上？」

「……クソガキめ」

あぁ、満足だ……意識を失う寸前に聞いたのは、悔しそうに悪態をつくブラドの言葉だった。


執務室で崩れ落ちた少年を見て、ブラドは深いため息をつく。正面から啖呵を切り、死にかけの身体でもなお啖呵ってみせたその少年を見て少し考えたあと、使用人を呼ぶ。

「どうされましたか当主様？」

使用人が執務室の扉を開け、床に倒れている少年を迷惑そうに見ながらブラドにそう問いかけた。

「そこに寝転がっている愚息を治療してベッドに寝かせておけ」

「はっ」

「ああそれと、この牙を売ってその金でこいつに剣を与えよ」

「……いいのですか？」

使用人の間でもブラドはこの少年に何も期待していないことは周知の事実だっただけに、ブラドのその言葉に驚く。ブラドは少年が残したオークの牙を手元で転がしながらたいそう不満げな顔でその使用人に言う。

「こいつは俺に自身の価値を証明した……忌々しいことにな」

弱き者は『オニキス家』には要らぬという前提を、こいつは崩した。ただそれだけのことだ、とブラドは使用人に退室するように告げる。

使用人が少年を担いで出て行ったあと、書類作業を続ける気にもならないブラドは背もたれに寄りかかりながら、雪降る外の景色を見る。

「本当に、厄介なことばかりしてきおる……」

これから起こるであろう厄介事を想像してため息をつきながらそう呟くブラドの口元は、

少しだけ笑っていた。

ACT3 『現実なんてこんなもんだ』

季節は巡り春。冬の間に降り積もった雪は解け、人も魔物も活発に動き始める四月。ここ、クライハート王国の王都の中心に一人の少年が立っていた。

冬を越し、少し伸びた金髪は後ろで乱雑に一つにまとめ、暗い緑の目は鋭く冷たい。学生服に身を包み、その腰に長剣を携えたその少年は目の前に広がる光景を見て一言呟く。

「これが『カグラザカ学園』……リアルで見るとでけぇな」

もし俺が主人公だったら、プロローグはこんな感じだったんだろうな、と大きい校門を見上げて首を痛めながら思う。

貴族から平民、果ては王族まで幅広く門戸を開き、三年間で様々な知識や技術を教育するカグラザカ学園。ゲーム本編における主舞台であり、様々な陰謀や愛憎が渦巻く場所でもあるこの場所に俺は今日、入学する。

「しっかし、まるで文化祭だな」

校門の奥に見える学び舎までの道の両脇には生徒たちによる露店が立ち並び、『いかがっすか～？』と声を張り上げては新入生やその保護者相手に商売をしている。まあ、子の入学式ともなれば平民も貴族も関係なく財布が緩むか。しかも今年は……。

「ねぇ、本当に今年は王女様がご入学なさるの!?」

「あぁ！　それは間違いないはずだ、俺ら平民が王女様のご尊顔を近くで拝せるとは……俺たちはなんて幸運なんだ！」

「我が家の復興をするために、何としてでも良好な関係を築かねば……」

周りの生徒やその保護者たちの話題は一様に同じもので盛り上がっている。『王女様のご入学』、ここクライハート王国の王女が今年で十六になられて学園に顔を出すとなれば、その話題で持ちきりになるのも頷ける。

平民は戴冠式後のお披露目、貴族は王族が開くパーティーでしか見ることが出来ないその顔が学園で三年間、間近で見られるとなれば横で号泣して神に感謝している男子生徒みたいな反応になるのも分かるだろう。

「うおおおおおおおおおお！　かびざばありがどおおおおおお！」

うるっせえ……体液をだらだらに流しているその男子生徒から離れるように、人でごった返している道を歩く。

入学式は『訓練場』という巨大なドームで行われるらしい。校門で運営らしき生徒から渡された学園案内を見ながら歩いているのだが。

「なんでこうざっくりとしか書かれてねえんだよ……建物を丸で表現するな！」

あまりにも見づらい学校案内に思わず一人ツッコむ。こんな地図、あってもなくても変わらん……俺は学園案内の紙をズボンのポケットに折りたたんで入れた。

ゲームでのざっくりとしたマップのお陰でこの学園の大まかな施設の位置を思い出したから良かったものの、初見だとこの学園が馬鹿みたいに広いせいであれを頼りに動くことは不可能だと俺は思う。

景色を見ようにも右も左も人だらけで自分が今いる場所すらも正確に判断出来ないほどにひしめき合っている。ダメだ、人酔いしてきた……幸い入学式までまだ時間がある。俺は近くのベンチに腰掛けて忙しなく左から右に流れていく人の流れをボーッと眺めることにした。

誰もが未来の話をし、これからの学生生活に思いを馳(は)せている。笑っている人、不安がる人、そいつを励ます人……その光景に、俺はどこか現実離れした何かを感じた。

「おや、新入生君かい？」

「ん……？」

そんな時、横から声をかけられる。ハッとして声のした方を向くが、誰もいない……俺に向けてじゃなかったのか？

「おーい、ここだよここ。もうちょい視線下げてっ」

首をかしげていると、視界にニュッ！　と小さい両手が下から出てくる。言われた通りに視線を下げてみると、鮮やかなピンクの髪が見えた。

「……子供？」

「それ言われるの、今日で三回目だよ……ボクは子供じゃない！」

「っ、失礼しました。レディ」

「おっ、『迷子かな？』とか『分かるよ、そういう時季だよね』とか言わずにすぐに訂正するあたり、えらいぞ君～」

少し距離を離して見れば、そこには嬉しそうに破顔するどう見ても幼女にしか見えない女性が。子供服の上から袖が余るほどのダボダボな白衣を着ている彼女は、ふふんと鼻を鳴らしながら上機嫌に俺に話しかけてくる。

「ボクもさ、こうして白衣を着てみたりお姉さんっぽい喋り方を研究してみたりしてたんだよ。いやぁ、見る人にはやっぱり分かるんだね！」

「そうですね。とても大人びた雰囲気を感じます」

「でしょ～？」

ますますニコニコになっていく彼女に対して、俺はさっきから乾いた笑いしか出ない。

そりゃ、ゲームの世界だもんな……いるよな、ヒロイングらい。

俺の横に座った彼女は、両手をポンッと叩いてそうだった、と何かを思い出す。

「おっと、自己紹介がまだだったね。ボクはフルル・モーレット、この学園で養護教諭をしているんだ。気軽にフルル先生って呼んでね！」

「ではこちらも。タイタン・オニキスと申します、以後お見知りおきをフルル先生」

……正直、少し前まではヒロインとは関わることなく過ごそうと思っていた。主人公と誰が付き合うとか興味ないし、ヒロインと接触すると却って自分の死亡イベントに繋がってくるだろうと思っていたからだ。

愛とか青春とかを謳う気はさらさらない。まあ少し残念には思うが、それ以上にヒロインという存在は俺を殺しに来るイベントを引っ提げてくる爆弾である以上、関わりに行くことは自殺行為。

だが、運命とやらはどうしてもストーリーに俺を登場させたいらしい。そのために本来は中盤で出てくる、横で「タイタン君、よし覚えた」と小さい手でギュッと握りこぶしを作っている彼女を入学式のタイミングで出してくるとは……中々分かってるじゃないか運

命さんよ。だがな、全てを否定すると決めたあの時から逃げないと決めてるんだ、残念だったな。それはそれとして一発殴らせろ。

運命に対して密かに私怨を募らせている中、フルル先生は足をぶらぶら揺らしながら俺に問いかけてきた。

「それで、どうしたんだい？」

「どうした、とは？」

「ベンチで人を見てた君の表情がさ、どこか寂しそうに見えてね。声をかけずにはいられなかったのさ」

「別に、迷子とかではありませんよ」

「ふふっ、どうだろうね」

少なくともボクには迷子になっているように見えるよ、と含み笑いをしながらフルル先生は指先で俺の鼻先をちょんっと押した。あどけない表情の彼女から慈愛と安寧を感じる。それこそが彼女の《スキル》であると知っているのに、優しく包まれるような安心感に抗えない。

「そうですね……未来に対して希望を持っている彼らの顔は明るくて、それがとても羨ましい」

「うんうん」

　――やめろ。

「先行きが見えない不安と、窮屈な苦しみを感じている自分からしてみれば、彼らは違う世界に生きている住人のように見えましまして」

「なるほどね」

　――黙れ。

「自身の居場所というものが、段々と分からなく――」

　――口を閉じろタイタン・オニキス！

「っ！」

「……どうしたんだい？」

　緩んだ心が、一瞬で凍り付く。さっきまで感じていた偽りの安寧は吹き飛び、冷や水をかけられたかのように夢心地な気分から引きずり降ろされた。夢心地な気分は消え、話をいきなり中断した俺を見て困惑している彼女に先ほどのような安らぎは感じない。

「いえ、すみません。『どうでもよいことでした』、忘れてください」

「ええ!?　さっきまであんなすごい深刻そうだったのに!?」

「もうすぐ入学式ですね、ではこれで」

「ちょっ、ちょっと！」

すっとベンチから立ち上がり、訓練場に向かって歩き始める。これ以上話しているとまた余計なことを言ってしまいそうだ……焦った表情で追いかけてくるフルル先生に、ふと少しだけやり返してやろうという感情が湧き、注意の意味を込めて一言だけ言い残すことにした。

「あまり人の心を暴かない方が良いですよ、先生」

「っ……」

一瞬フルル先生の足が止まった隙に喧騒に紛れる。背の低いフルル先生のことだ、追いかけようにも俺の姿は見つけられないだろう。俺は足早に訓練場に向かう、その背中にはどっと冷や汗をかいていた。

人ごみに消えた、先ほどまで話していた少年を思い出しながら白衣の幼女はベンチに座る。ぶらぶらと地面に届かない足を揺らしながら、彼女は楽し気に笑った。

「まったく、猫みたいな子だ。心を開いたと思って近づけば、すぐに距離を取る……自分の弱みは見せたくないんだろうね」

ボクもまだだなぁ……そう言いながら白衣のポケットから一枚の紙を取り出す。そこには要注意リストという文言と共に、数名の名前が書かれていた。

彼女はペンを取り出すと、そのリストから『タイタン・オニキス』と書かれた部分を強調するように円で囲む。

「孤独、だったんだろうねぇ……こりゃ重症だ」

紙を眺めながら呟いた彼女の目が、憂いに満ちる。スッと目を閉じた彼女は紙を白衣のポケットに戻し、元の明るげな笑みを浮かべながら校舎の方へと歩き出すのであった。


「新入生の皆さん、ご入学おめでとうございます」

訓練場に並ぶ簡易的な椅子に座り、壇上で先生が祝辞を述べているのを眺めている。訓練場の周りに、新入生達を囲むように観客席を設けているせいで、保護者や上級生が俺達を見てくるものだから居心地が悪い。常に見られているという緊張感は他の新入生も感じているのか、その表情はどこか硬かった。

俺は現実を逃避するようにさっきの出来事を思い出す。まさか初日でフルル先生に捕捉されるとは思わなかった……改めて自分の運命というものを呪う。

彼女の前で嘘や隠し事は通じない、というより彼女の《スキル》のせいで嘘や隠し事をしたくなくなってしまう、というのが正確か。

人間の心というのは移ろいやすいものではあるが、その一方で第一印象というものは長く記憶に残る。フルル先生と話している時に感じた安らぎは、彼女が味方であると心理的に受け入れてしまうのだ。

そしてそれが学園全体に起こっていると言えば、彼女に悪印象を持たれることがどれだけ危険かは分かるだろう。彼女の嫌いなことは『子供扱いをされること』、俺がすぐさま子供扱いを謝罪出来たのもゲーム知識のお陰だな。

俺は思わずため息をついてしまう。この世界に来てから、ゲーム知識がないと詰む状況が多すぎる……まるで薄氷の上を歩いている気分だ。そう考え込んでいると、訓練場全体から割れんばかりの歓声が上がって思考を現実に引き戻される。なっ、何だ⁉

「続きまして、新入生からの挨拶に移らせていただきます。新入生代表――シアン・クライハート第一王女殿下」

「はい」

先生のその言葉に、一番前の席に座っていた一人の女子生徒が立ち上がる。壇上に向かって歩くたびに彼女の青みがかった銀髪がたなびき、誰もがその姿に息を呑む。

一瞬で訓練場を静寂に変えた彼女が壇上に上がりこちらを振り向く。サファイアのように煌めく蒼い双眸は、こちらを見透かすような迫力があった。

「ご紹介にあずかりました、シアン・クライハートです」

彼女が口を開く。凛(りん)としたその立ち姿は王者のオーラを放っており、彼女の言葉を遮るような無粋なことをする者はいない。

「まずは感謝を。このような歴史ある学園にこうして私が入学出来たのは、ここにいる皆さんが我が国を愛し続けてくださったお陰です。ありがとうございます」

シアン姫が一礼をする。その美しい所作に誰もがため息を漏らす。

「『カグラザカ学園』を創立した初代クライハート王はこうおっしゃいました。『誰もが等しく、そして誰もが未来を見つけることが出来る場所へ』と」

へぇ、この学園にはそんな想いが込められてるんだな……ゲームでは語られなかった学園の誕生秘話に一人感心していると、シアン姫は俺たちに語り掛けるように声を張り上げる。

「私も、王女という立場ではありますが、この学園ではあなた達と同じ一介の学生です。私は来る者は拒みません」

「「…………」」

――すごいな、と俺は素直に思う。

「三年間という短い間でございますが、私はこの学園でこれからの人生における大切なことを多く学べるであろうことを確信しております」

「「…………っ」」

——あまりにも彼女の言葉は。

「初代クライハート国王の遺志を継ぎ、私もみなさんと等しく！　あなたたちと同じ目線でっ！　この学び舎で過ごしていこうと思います！」

「「おおおおおおおおおおおっ！」」

——綺麗ごとにしか聞こえない。

周りがシアン姫の言葉に感動し涙を流しながら歓声を上げている中、頬杖を突きながら俺はそう思った。この国に転生してから日が浅いからなのか、それともタイタンに影響されているからなのかは分からない——それでも彼女の言葉は、何一つ自分の心には響かないことだけは確かだった。

「……っ」

「ん？」

シアン姫が手を振りながらスタンドアップしている生徒たちや観客席に向かって手を振っている中、俺を一瞬見て表情を硬くしたような気がした。だがそれも一瞬で、すぐに再びにこやかに周りに向かって笑顔を振りまいていた。

気のせいか……大歓声の中で入学式は終わり、俺たちは校舎の方に移る。王女様もいるからか、俺達新入生が通る道の両脇に鎧を着た兵士たちがずらっと並んで厳重な警備を敷いていて歩きやすい。

校舎に着いて、各々が事前に振り分けられた教室に入っていく。俺のクラスは……ゲームの時と同じか。

教室の扉の前で深く息を吸う。この扉を開けると、物語が本格的に始動する……主人公にとっては輝かしい、俺にとっては命がけの三年間の物語が。

「覚悟は、出来てる」

目を瞑り、ふっと短く息を吐く。扉に手をかけ、ガラッと——。

「ちょっと、よろしいですか？」

する前に、後ろから声をかけられた。聞いたことのある声だ、正確には十数分前に訓練場で。俺は入れた気合が抜けていく感覚を覚えつつ振り返る。そこには思った通り、訓練場で見た王女様の姿があった。

「申し訳ございません王女様、こちらの教室に御用がお有りなのですね。どうぞお通りください」

教室の扉を開け脇に寄る。王女様の横に控えている一人の女子生徒が無表情ながらも不満げなオーラを発しているが……そんなにも王女様のために扉を開けたかったのか？

「いえ、あなたに用がありまして。少し時間をいただいても？」

「それは命令ですか？」

「単なるお願いです」

「であればまことに心苦しいのですが、これから担任の先生による学園の説明がありますので……」

　そう一礼しながら去ろうとする俺の肩を、さっきのお付きの女子生徒がガシッと力強く摑む。痛い痛い痛い！

「不敬。シアン王女様の願い出を断るのは」

　シアン王女に聞こえないように耳元で囁いてくるのは良いが、ミシミシと俺の肩が軋んでいて俺が叫ぶことを予想してないのだろうか？

「熟知。声を出せない喉の押さえ方を」

「……っ、ぐ」

　俺の疑問に答えるかのように、そっともう片方の手で俺の首を絞めつけてくる女子生徒。こいつ……見た目に依らず筋力と器用さに特化したステータスしてやがる、俺は息苦しさを覚えつつも出せる精一杯の声で反論する。

「一介の……学生として、生活するんだろ……王女様ってのは」

「事実。シアン王女様がそれを望んでいることは」

「今の、お前の行動は……それに反していると、思うんだが？」

「承知。だからシアン王女様の願いを聞くように『説得』している、私は」

仲の良い一人の女子生徒として、となおも首を絞めつつそう言ってくる『一人の女子生徒』。もはや首を縦に振る以外の選択肢を潰された俺は、仕方なく申し出を受ける。

「分かった……受けて、やるよ」

「不敬。喜べ」

「それだけはない」

「……絞め落とす」

不機嫌そうなオーラを全開にして窒息させにくる女子生徒。くっそ、初日からなんでこんなことになるんだよ、《パラライズ》！

「ゴホッゴホッ……行くっつってんだから手を放せ」

「疑問。腕が動かない、何をした？」

「答える義理はないな」

「理解。無理やり吐かせる、私は」

「なら次に動かなくなるのは貴様の心臓だな」

教室の前で突如始まる対人戦、こいつは俺を殺そうとしたんだ……なら、殺されても文句は言えな――。

「入学早々喧嘩かい？　血気盛んなのは良いけどもう少しボクの手間を考えておくれよ～」

パチンッと指を鳴らす音と共に、これまた聞き覚えのある緊張感のない声。俺を包むように薄い膜が張られる。

廊下にいる全員が驚いている中、白衣を着た幼女は俺のもとに歩いてくる。俺の顔を見上げながら申し訳なさそうに彼女は笑うと、その場を仲裁するように俺と女子生徒の間に立った。

「それで、どうしたんだい？」

「説得。シアン王女様の願いを聞くように、仲が良い一生徒が」

「それを断ったら不敬だなんだと言いがかりを付けられただけですよ」

「ふぅむ……これは、君が悪いね」

俺と女子生徒の言い分を聞いたフルル先生は、うんうんと頷きながら女子生徒の腰辺りをポンポンと叩く。本当は肩を叩きたかったんだろうが、圧倒的に身長が足りていないために断念したんだろうというのは秘密にしておこう……。

反省したまえ、と先生に言われた女子生徒は素直に引き下がる。軽く頭を下げた彼女に「謝れてえらい！」と上機嫌に褒めたフルル先生は、俺の方へと向き直る。

「これで、ひとまずは収めてくれないかな？　お願いっ」

「……まあ、謝罪は為されましたし良いですよ」

「良かったぁ。後の事はボクが何とかしておくから、タイタン君は王女様の頼みというのを聞いてくれたまえ」

君も怒りを収めてえらいねぇ、と頭を撫でようと必死に背伸びをしてくるフルル先生だったが。残念ながら遥か高みにある俺の頭に手は届かなかったようで諦めたかのようにため息をついて、ぽんぽんと俺の太ももの横を軽く叩くだけに終わる。

またふわっと安心感が流れてくるが、入学式前のように流されることはない。発動条件とスキルの内容を思い出した今、この安心感がフルル先生によってもたらされていることを俺は自覚出来ていた。

俺はフルル先生に一礼したあと、シアン姫とお付きの女子生徒と共に中庭へと出る。他の生徒たちはすでに教室で先生たちの学園案内の説明が始まっているのか、だれもいなかった。

「……まずは謝罪を。私のせいでこんな大騒ぎになってしまい申し訳ございませんでした」
「いえ、謝罪は結構です。王族に頭を下げさせたとあれば、多方面から反感を買うのは私の方ですので」

頭を下げるシアン姫――の後ろ側に控えている女子生徒を軽く睨みながら、俺は彼女に頭を上げるように言う。おい何目を逸らしてんだ元凶、大騒ぎの原因作ったのはお前だろうがこっち向きやがれ。

「それでは私の気が済まないのです。クロノは……私の後ろにいる生徒は、昔から私のことになると暴走してしまいがちで――」
「だからもういい、と言っているのですシアン王女様。頭をお上げください」
「賛成。こんな奴に頭を下げなくていい」

深々と頭を下げるのをやめようとしないシアン姫に思わずため息が出る。お付きの女子生徒……クロノか、こいつはこいつでシアン姫を神聖化しているところもあるから失礼極まりない。一応俺、排斥される予定があるとはいえまだ侯爵家の者なんだけど。

クロノのお陰（？）もあり、やっと頭を上げたシアン姫。やっと話が進む……始まる前からもうすでにへとへとだ。

そんな俺に、彼女はまた答えるのに苦労する質問を投げてくる。

「あなたに聞きたいことがありまして。私の入学式での演説、どうでしたか？」

「どうって――」

シアン姫の後ろに控えているクロノから『殺害。王女様を泣かせたら、私は』オーラを無表情ながらにひしひしと感じる俺は、シアン姫が喜びそうな答えを言う。

「それはそれは素晴らしい演説でしたよ。民と同じ立場になって、位は関係なく平等に一人の人間として接していこうと宣言するあの姿は感涙ものでした」

「それにしては、とてもつまらなそうな顔をしてらっしゃいましたね？」

「王女様の見間違いでは――」

「大歓声でみなさまが立っている中、座って頬杖を突いているあなたの姿はとても目立っておられましたよ。見間違いなはずありません」

この王女は、いったい何が気になっているんだ？　別に百人中百人が同じ意見に賛同することなんてないんだから俺にこだわる理由なんてないはずだ。そう俺が疑問に思っていると、続けて放ったシアン姫の一言でその理由を理解する。

「なぜ私の言ったことに賛同なされないのですか？　何か間違っていましたか？」

あぁ、そうだった……この人、王女だった。百人中百人が賛同する世界に生きてきた人間だから、俺みたいな奴が今までいなかったんだな。

俺は乾いた笑いを思わず零してしまう。どうやら俺が綺麗ごとだと思ったことは、彼女が真剣に語っていた夢物語だったらしい。

そう考えたらゲーム本編で主人公がシアン姫に対して肯定的な意見しか述べなかったことにも納得出来る、『そのほうが好感度が上がりやすいから』な。

全肯定され続ける人生を送ってきた国王が治める国の未来など、素人目にもすぐにどうなるかぐらい理解出来る……そうか、だから『学園カグラザカ』というエロゲは恋愛シミュレーションRPGなのか。

ゲームの世界に、エンディングの先は存在しない。たとえハッピーエンドのその先が、破滅の未来だったとしても。

「――こんなのが未来の王かよ……」

「どういう、意味ですか？」

思わず口に出てしまった落胆の言葉を聞いて眉を顰めるシアン姫。後ろに控えていたクロノも聞こえていたのかジリジリと俺との距離を詰めている。

はぁ……面倒事を避けるために自分を偽るのはやめだ。らしくない、本当にらしくないな。

張り付いた偽りの笑みを消し、不遜な態度を俺は取る。敬意を持てない奴に払う敬意ほど空虚なものはないと、転生する前から分かっていたじゃないか。

「呆れてものも言えん。自身の意見には賛同以外の発言が出ないとでも思ってるのか？」

「そんな、ことは」

「……殺す」

「クロノと言ったか？　貴様もそうやって自らの意志を持たず王女様に付き従うだけで楽な人生だな？」

「……っ」

「クロノになんてことを言うのですか！　訂正なさい！」

シアン姫を庇うように前に出てきたクロノに対して、俺がそう言うと今度はシアン姫が激昂する。

だが不敬だろうがなんだろうが知るか。俺は『悪役』なんだ、徹底的に嫌われたって良い……こいつの思考は俺がここで徹底的に潰す。

「等しく？　平等に？　はっ、貴様が言ったことは不可能だ。周りが、環境が、貴様を一人の人間として扱うわけがないだろうが」

「そんなはずはありませんっ！　私がお願いすればきっと――」

「その『お願い』は王命と同じ重さを持っていることを自覚しろ、第一王女」

「っ！」

「貴様の『お願い』を叶えるために全ての人が動く。お前の側にいるクロノも同じく動くのだ。分かるか？　貴様は王族に生まれた時点で、王族としてしか生きられない」

「……そんな」

「命令。黙れ」

　クロノが前に出て制服の袖口から一本のナイフを取り出す。はっ、その程度の脅しで俺が止まると思うか？

「『誰もが等しく、そして誰もが未来を見つけることが出来る場所へ』か？　すでに人の上に立つ未来が確定している奴が、どう等しくあろうとほざく？」

「………………」

「警告。黙れ」

「上に立つ者が下々と同じ立場になろうとするのは、ただ責任から逃げているだけだ。失敗した時の言い訳が欲しいだけ――」

　クロノに地面に引き倒されて馬乗りにされる。彼女は俺の首筋にナイフを当てながら有無を言わせない怒気を全身に纏っていた。

「訂正。しろ」

「クロノ！」

「っは！　誰がするものか。貴様も王女とは立場が違うのに、お前が学園で『友人』とこだわっているのは王女がそう望んでるからだろう⁉」

「……死ね」

「やめなさいクロノ！」

ピタッと止まるクロノのナイフ。ほら、やっぱり王女の命令には絶対に従ってしまうじゃないか。自分が見えているものを真実と決めつけて周りを振り回す奴は嫌いだ、それを肯定して一人のキャラクターとして生きている奴も嫌いだ！　見ていてイライラする！

「……どれだけ貶(けな)されても王女の命令には従ってしまう。俺の『自らの意志を持たず王女様に付き従うだけで楽な人生』という言葉のどこに間違いがある？」

俺は誰かに道を決められるのはごめんだ、とクロノを押しのけながら立ち上がる。シアン姫は俯(うつむ)き、クロノも地面に座り込んだまま動かない。ただ、苛立(いらだ)たしい、不満げといった感情を俺に持っている事だけは表情から分かった。

だがなんだというのだ。こいつらが生きる世界と、俺が生きたい世界は違う――俺を巻き込むな。巻き込みたいならせめてこの場で言い返せ、否定されて簡単に折れてしまう甘ったるい意思で俺を動かそうとするなど、片腹痛い。

「『この学園でこれからの人生における大切なことを多く学べる』だったか……これが最初の授業だ。貴様の見てきた世界は全て周りの人間が必死に見せてきた幻想で、貴様がこの学園で掲げた目標は周りの人間によって見せられた幻想の中でしか達成されない」

これが現実だ、そう言い残して俺は校舎に戻る。嫌われただろうが別にいい、王女がこのまま俺を嫌って主人公と仲良くなり幻想の中で生きたいと思い続けるならそれも良いだろう。その時はその幻想を抱いて現実を生きる市民を巻き込んで滅亡するだけだ、俺はその時にはオニキス家の人間ではなくなっているから国から出て行ける。

「そういや、シアン姫ってゲームでは最初からタイタンのこと嫌っていたよな……」

ふとゲームでの一幕を思い出す。まさかな……一瞬よぎった思考を頭を振って追い出した俺は、廊下を歩いて自分の教室へと戻るのであった。


教室に戻り、扉を開けると一斉に生徒がこちらを向く。そりゃ俺達以外は全員揃っているよな……。

「おっ、帰ってきたね。王女様は？」

「置いてきました」

「置いてきたって……ははっ、一応この国の王族なんだけどなぁ」

「この学園では一介の生徒らしいですから」

姿の見えないフルル先生の声に答えながら適当な空いている席に座る。多分、教卓の後ろにいるんだろうな……背が小さくて見えないけど。

後からシアン姫とクロノが教室へ入ってきて、遅れて学園案内の説明が始まる。フルル先生は満足そうに頷いているが、もしかして俺たちの担任って――。

「いやぁ、みんないい顔だね！　見えてないけど」

「教卓から離れたらいいと思いますフルル先生」

「分かるよタイタン君。でもね、ボクだって最初ぐらいは教卓を使っていたいのさ」

養護教諭が教室の教卓を使える機会ってこういう時ぐらいだからね、と目いっぱい背伸びをしながら教卓の上に顔を出すフルル先生。おっ、見えた、とへんにゃり笑うフルル先生の顔はどう見ても幼女のそれであった。

周りから口々にちっちゃくて可愛い、愛でたいといった声が上がる。そんな発言をした生徒に対して頬を膨らませて「ちっちゃくない！」と右手を振り上げて怒っているのも彼らにとっては逆効果にしかなりませんよ先生。

「もう、ボクはちゃんと大人なんだよ！　タイタン君だけだよ、ボクを大人扱いしてくれるのは」

「「ざわっ……」」

「今この場で死んでもいい覚悟がある奴だけ思ったことを口にしろ。二度とその口が開けないようにしてやる」

フルル先生が拗ねるように口をとがらせながら言った爆弾発言に、生徒たちが騒ぎ出す前に俺が機先を制して声を張り上げる。ロリから始まってコンで終わる四文字だけは絶対に言わせない、いつでも《パラライズ》を発動出来るように片手を前に出す。空いていた席が周りを見渡しやすい最後列でよかったぜ！

「失笑。ロリコン」

「言ったなクロノ？　こっちは今から第二ラウンドしても良いのだぞ？」

「挑発。望むところ」

「もう、喧嘩しないの！　あとボクはロリじゃない！」

こらっ、とビシッとクロノの方を指さしているフルル先生。というか王女とクロノの席は俺の両隣かよ……なんで俺は空いてる席の真ん中に座ってしまったんだ。クロノからは『邪魔。どけ』というオーラを感じるし、反対側のシアン姫からは『こいつ嫌い』オーラをバシバシに感じる。はっきり言って席を交換したい。

「なあ王女様……」

「つーん」

「席交換してくれません？」

「知りませんっ」

拗ねてそっぽ向いちまった。じゃあ、クロノの方ならと彼女の方に顔を向けると——。

「嫌悪。あっち向け」

「……さいですか」

取り付く島もない。まあ、こっちから好感度を投げ捨てて突き飛ばしたから仕方ないんだが……席替えのイベントが来るまでこのままか、とため息を一つついて、これから送る学生生活に俺は不安感を募らせるのだった。

両隣から感じるオーラを努めて無視しつつ、前を向いてフルル先生の説明を聞く。フルル先生はやっと全生徒が揃ったことに一つ頷くと、教卓に精一杯背伸びして置いていた書類の束を手に持った。

「じゃあ、改めて。ボクはフルル・モーレット、養護教諭兼君たちの担任を受け持つ、立派な！　大人の！　先生だよ」

年齢だって二十一なんだよ、ほらっ！　と胸にぶら下げていたカードを生徒たちに見せるように掲げる幼女。この世界にも教員免許ってのはあるんだなと俺が感心している一方、他の生徒は「可愛いい～！」と先ほどから愛くるしいフルル先生の言動にキュンキュンしていた。大丈夫か俺の同級生ども……？

「むぅ～！　ボクをちっちゃい子供扱いするんじゃない！　怒ってたら説明が進まないから今は我慢するけど、『可愛い』も『ちっちゃい』も禁止！　いいね⁉」

は～い、とほんわかした声で返事する生徒たち。ほんとに分かってるのかなぁ？　と困り顔になりながらも、フルル先生は説明を始める。

「えーこほん。まずはみんな、入学おめでとう。両隣を見てみるといい、その者たちは三年間の苦楽を共にする友だ。仲良くぅ……はもう一部なんか出来なそうな雰囲気だけど！　それでも君たちは互いを理解しあうところから始めないといけない。この学園は出来る限り君たちに『生きる術』を教える場だ、その中には君たちを危険な場所に送ることもある」

「…………」

真剣な顔でフルル先生がこちらを見渡してくる。誰も茶化すことを許さない、そんな迫力が彼女にはあった。

「ボクたち教師が出来るだけサポートはする、だけどいがみ合ったり不和を残したままだと――人は簡単に死ぬよ」

そう言ってフルル先生が俺たちを見てくる。その目は責めているような感情と、どこか寂しそうな感情を含んでいた。しかしその表情も一瞬で、フルル先生はニコニコと明るく笑う。

「別に『仲良くしろ』とは言ってないよ、お互いがお互いを理解しようってこと！　不和やいがみ合いってのは互いの無理解から起こるものさ。ぶつかっても、喧嘩しても良い……一番ダメなのは、自身の価値観の上で決めつけてしまうこと」

ニコニコと笑った表情のまま、俺をしっかりと見てくるフルル先生。まったく……この人は、スキルなしでも全てを見透かすようなことを言ってきやがる。

「人は一人じゃ生きられない。学園から一歩出れば君たちは立場も境遇も違うだろうけど、この学園の中でだけは君たちは等しく生徒だ。そのことを、まずは忘れないでくれたまえ」

パチパチとどこかから拍手が起こり、波及していくようにみなが惜しみない拍手をフルル先生に送る。「いやぁ～」と照れながらぺこぺこしているフルル先生に、俺も仕方なしに拍手を送るのだった。

悔しいけど完敗だ。俺が自分のことで精いっぱいであることを教えられてしまった、死ぬ運命や自分の信念に躍起になっていたせいで、他人を否定する独りよがりな考えしか出来ていなかったことをフルル先生に指摘された。

両隣で拍手をしながらこっちを見て勝ち誇った顔をしている二人が言っていたことにはだからと言って賛同は出来ない……が、理解だけならしてやろうかなと思えるぐらいには今のフルル先生の言葉は不思議と自分の胸の内にストンと落ちるものだった。

「さて、じゃあ先生の自己紹介も済んだところで手早く学園案内しちゃうねっ！　色々あって時間が押してるんだっ」

このままだとボクの貴重な昼休みが削れてしまうからね！　とお茶目にウィンクするフルル先生、すみません俺たちのいざこざのせいで……。

そしてフルル先生が学園施設の説明を始める。ちゃんとゲームと同じ位置に施設があるようで、学園の校門をくぐって正面に校舎があり、右に曲がると俺たちが入学式をしていた訓練場。反対に左に曲がると寮があり、そこに続く道にモンスターの素材を売る売却所が存在している事をフルル先生が説明してくれる。

「この売却所だけど、街の冒険者ギルドと提携しているから実質『冒険者ギルド学園カグラザカ支部』だね！　冒険者が受けるようなクエストは受けられないけど、モンスターのドロップ品やダンジョンから出たアイテムをここで渡すと冒険者ギルドからお金を支払われるんだ」

もちろん、ちゃんと冒険者ギルドのランク査定にも加味されるから学園を卒業したらすぐに高ランク冒険者として活動出来るかもっ！　というフルル先生の言葉に平民の立場である生徒たちが色めき立つ。

俺はというと、生活費を稼ぐあてがこれしかないのでほっと安堵(あんど)しているところだ。排斥される予定の貴族に家の金を使えるはずもなく、俺の財布の中にはオークの牙(きば)を売って剣を買った残りのお釣りぐらいしかない。もちろん家から馬車で通うような貴族らしいことも出来ないので寮生活一択だしな。

「と、学園案内はこれで終了！　あとは……と、直近の学園イベントの説明？　うん、また今度でいいよね⁉」

紙の束をぽーいと教卓に放りだしたフルル先生はてしてしと教卓を叩(たた)く。教卓が高くて指の先でしか天板を叩けていない……成人男性の胸のあたりぐらいの高さだもんなぁ、あの教卓。

「ボクが自己紹介したんだ、今度は君たちの番だよね！　君たちも王女様とか他にも色々な人、気になるんじゃな〜い？」

特に、平民の子は貴族の子を見るのもそんなにないだろうしね！　といたずらっぽく笑うフルル先生に、うんうんと激しく首を縦に振る一部の生徒たち。

俺も主要なキャラクターの名前と容姿ぐらいしか知らないので、他の生徒を知る良い機会だと成り行きを見守ることにした。

「じゃあとりあえず名簿の一番から行ってみようか！　んふふ～、ボク君たちと会うのが楽しみすぎて名簿の名前全部暗記しちゃったんだよねぇ～、『アイグナー・ペレット』君！」

「お、俺っすか⁉　俺、アイグナー・ペレットっす！　ペレット商会の一人息子で……えっと、えっと」

「落ち着くんだアイグナー君。そうだね、ここは持ってるスキルでも言ってみたら良いんじゃないかな？　戦闘する時に使えるスキルを把握していたら、みんなも戦いやすいと思わないかい？」

自己紹介で一番目に当てられた赤髪を短く切り揃えた生徒が慌てていると、助け船とばかりにフルル先生がアドバイスを送る。そのアドバイスにハッと顔を輝かせたアイグナー君は、自分が持っているスキルを話し始めた。

「俺の持ってるスキルは《演算》っす！　俺、商会の売り上げの計算を任されてて……ずっとその仕事を続けていたらいつの間にか取れていたっす！」

「うん、良いスキルだね。《演算》は計算が速くなるスキルなのかな？」

「はいっす！」

拍手が周りから起こって、アイグナーはペコペコと周りに頭を下げながら席に座る。

《演算》か……俺は頭の中でそのスキルの詳細を思い出しながら周りと同じように拍手をしつつ、とんでもないスキルを持っている彼に警戒心を抱いていた。

《演算》というスキルは計算が速くなる程度じゃ収まらない。ゲームでは戦況を有利に持っていけるスキルで、支援型や速攻型のプレイヤーには必須スキルの一つとして名を挙げられるぐらいのものだからだ。

その効果は至極単純、『素早さに応じて追加攻撃出来る』というもの。素早さが高いとその分自分のターンに行動出来る回数が増え、それだけ相手よりも先に行動出来るスキルなので、支援型のスキルビルドでは最初に習得すべきスキルだ。

どれだけ素早さが高くても、一ターンに動ける行動は一回までという概念を粉砕するぶっ壊れスキル、それが《演算》だ。現実に則してこのスキルの効果を考えるのであれば、単純に脳の処理速度が上がって並列的に物事を処理出来るという感じだろうか？

けだるそうに拍手をしながら、あいつはなしだなと言ってる貴族の奴らにはもったいないぐらいの逸材……それがこのクラスにいる。

しかし、この自己紹介の流れは不味いぞ……拍手を終えた手を顎に持っていきながら不測の事態に内心焦る。フルル先生のアシストもあって、完全に自己紹介にスキルを言わなきゃいけない流れになってしまった。

本来ならスキルは誰しも一つ、持っているのが当たり前の世界なのだ。この学園に入学するまでの人生で、アイグナーのように才能に則したスキルが発現する……そう、普通なら。

「ありがとうアイグナー君、じゃあ次行ってみよー！」

「おーっほっほっほ！　次は私の番ですわね！　私の名前は――」

フルル先生が元気よく次の生徒を指名する。今度は貴族のようだ、家名とスキルを鼻高々に自慢している。俺はスキルの詳細を頭の中で思い浮かべながら現実から逃避していた。

そんな中自己紹介はつつがなく流れ、フルル先生は次の名前を読み上げる。

「ありがとう〜、次は……っと。みんなも気になってるんじゃない？　シアン・クライハート第一王女殿下〜！」

「はい」

隣に座っていたシアン姫が立ち上がる。先ほどまでの不機嫌そうな表情はどこへやら、他人を惹きつける魅力的な笑みを浮かべて周りを見渡す。周りも王女の言葉を聞き逃すまいと静まり返った。その同級生の姿に一瞬笑みを硬くした彼女は、すぐに元の笑みに戻して自己紹介を始める。

「ご紹介にあずかり感謝いたしますモーレット先生、私の名前はシアン・クライハート。みなさまもご存じの通り、この国の第一王女でございます。といってもこの学園内ではみなさまと同じ一人の生徒、気軽に絡んでくださいね？」

「おおおおおおっ！」

「スキルは……王族にのみ伝わる相伝のものですので、ここでは秘密で。申し訳ございません」

「いいよー、シアン王女様のスキルの概要に関してはパーティーを組む時にその人に伝えるようになっているから大丈夫！　言っておくけど、めっちゃ強いよ～？」

「もうっ、モーレット先生秘密ですよっ」

「ごめんごめんっ！　そういうわけだから、みんなも王女様をよろしく頼むよ」

「「はいっ！」」

フルル先生の言葉に息を合わせるように生徒たちが声を上げる。シアン姫はまた少し硬い笑みを浮かべた後、何かを考えるように俯きながら座った。反対側に座るクロノもそんな彼女の姿を心配したのか、俺に小声で話しかけてくる。

「命令。笑わせろ、王女様を」

「貴様は馬鹿か？　誰がするか」

「原因。王女様が沈んだ顔をなさるの、お前が」

「知らん、勝手に傷ついてるだけだろ」

「選択。自己紹介で面白い事するか、意識落とされて面白い事をさせられるか」

「何をする気だ貴様……っ」

「得意。腹話術、私は」

誰にも見えないタイミングで俺の首元に手を伸ばしてくるクロノ。絶対に絞められてたまるか……っ！

そんな静かな攻防戦に終止符を打ったのは、フルル先生の言葉だった。

「――君、タイタン君！　おーい、次は君の番だよ～！」

……死刑宣告だったかもしれない。仕方なく俺は立ち上がり、周りを見渡す。懐疑三割、嫌悪七割ってところか？　俺に向けられる目はどちらにせよ厳しく冷たい。誰からも好かれるシアン姫に嫌われていそうな様子を見ていれば、誰もが俺を敵視するのは仕方のない事なのかもしれない。

「……タイタン・オニキスだ。以上」

「…………」

「ほ、他にないのかい？」

手短に自己紹介を終えた俺に、ずっこけたフルル先生にそう問われる。他と言っても、何もないんだが……。

「ないですね」

「ほら、スキルとかさっ！」

「だから、ないです」

どうせ嘘を言っても見抜かれるし、フルル先生がいる以上嘘もつけない。だったらさっさと言ってしまった方が楽だろう。フルル先生はどうやら俺の『ない』という言葉を『言いたくない』と捉えてしまったのか、少しムッとした顔で俺の方を見る。

「ボクの言ってたことを聞いていたかい？　『不和やいがみ合いってのは互いの無理解から起こるもの』だって言っただろう？」

「ちゃんと聞いてましたよ。だから言ったじゃないですか、『俺にスキルはない』と」

「っ！」

少しおどけた風にそう俺が言うと、フルル先生がたいそう驚いた顔に変わる。言葉に詰まっている先生をよそに、周りの生徒たちには失笑と嘲笑の声がひそひそと上がっていた。

　分かっていたことだ、俺はじっとフルル先生を見る。どうですか先生？『互いの無理解から起こる不和やいがみ合い』を避けるために理解を得ようとした結果、不和が生じましたよ。

　……やっぱり理解出来ないな、『等しく』というものは。俺は呆れた顔をしながら口を開く。

「もういいですか？」

「あ、あぁ……ごめん、言いにくいことを聞いちゃったね」

「いいですよ、もう割り切ったことなんで」

　そういって椅子に座る。周りから「あいつ、今まで何してきたんだ」とか「無能」とかの声が聞こえてくるが、その声を聞いたフルル先生が——激怒する。

『君たち他人を貶すのはやめるんだッ！　確かにボクが『誰しもスキルを一つ持っている』という前提で話を進めてしまったのが悪い……だけど、だけどねっ！　それはボクがスキルを持ってない彼を貶しめて良いという免罪符を君たちに与えたわけじゃないよっ！』

　これから三年間、沢山のスキルを獲得していく——最初に持っているスキルなんてただの誤差だ！　と俺に謝罪するように怒るフルル先生。

その勢いに気圧されたのかぽつぽつとぐもった謝罪の声が聞こえる、中には納得していない奴らもいたが。

「不服。面白くなかった」

「変なところに不満を持つな」

「理解。ギャグは苦手、お前は」

「ギャグでもねぇよクソが」

頷きながら俺の肩をポンポンと叩いてくるクロノの手を払いのけながら反対側のシアン姫の顔をちらりと盗み見る。

……あぁ、やっぱりお前もそっち側じゃないか。勝手に自分の尺度で人を格付けして、勝手に人の価値を決めつける。彼女の顔にははっきりと、俺に対して『可哀想』という同情が浮かんでいた。

「何が『等しく』だよ……」

机に突っ伏して残りの自己紹介の時間を過ごす。俺がシアン姫の言った綺麗ごとを理解出来る日は、いつか来るのであろうか？

ひと悶着があったものの自己紹介はつつがなく終わり、昼に解散の流れとなった。我先にと教室を飛び出していく者、周りの生徒たちと談笑をする者……互いが思い思いに放課後のこの時間を過ごしている中、ぽつんと一人きりなのが──二人。

「………………」

「………………」

一人は恐れ多く、一人は嫌われて。席が隣同士であるというのに会話はなく、手持ち無沙汰になっていた。

そう、俺とシアン姫だ。クロノは俺と逆方向の女子生徒と楽しく会話中で、ちょいちょいシアン姫も呼ぼうとしては「そんな、恐れ多いよぉ」とやんわり断られて苦戦中である。

今日は別にやることがないんだよな……このまま寮に帰っても寝るだけだし、お金もないから街から出て魔物でも狩るか。

そう思い椅子から立ち上がると、俺は教室から出る。校舎から外に出ると朝のような人ごみは落ち着きを見せており、生徒たちの露店も閉店の準備をしていた。

「この近くの魔物ってなんだったかな……」

「おーいタイタンく〜ん」

城下町周辺に出現する魔物の種類を想起しながら歩いている俺の後ろから、間延びした

　俺を呼ぶ声がする。我が担任の声だ。

　今日はもう疲れたから一人にさせてくれ……と辟易した表情をしながら振り返ると、思った通り余った白衣の袖をぶんぶん振りながら近づいてくる幼女の姿が。

「まだ、何か用ですか？」

　先ほどの一件もあり、とげとげしい質問をフルル先生に思わず投げかけてしまう。しかし、彼女はそんな俺の態度も意に介さず近づいてきた。

「タイタン君、お昼ごはんはまだかい？」

「……まあ」

「よかったぁ、その……ボクのせいで嫌な思いをさせてしまったでしょ？　そのお詫びと言っちゃあなんだけど、ボクにお昼ごはんを奢らせてくれないかな～って」

「お気持ちだけいただいておきます」

「むぅ……人の厚意は受け取っておくものだぜタイタン君」

「他人に借りは作りたくないので、では」

「ちょ、ちょっと！」

　フルル先生が手を伸ばしてきたので素早く後退する。さすがに三回目はない、俺が警戒して離れたことに自身のスキルが割れていることに気が付いたフルル先生がピタッと止まる。

お互いが触れられない微妙な距離感を保ったまま、俺は口を開く。

「言ったはずですよ、『あまり人の心を暴かない方が良い』と」

「ははは……まさか人を信用していないがゆえの言葉かと思ったら、ボクのスキルにすら気が付いてるとはね」

「《治癒》、ですか？」

「惜しい！　確かにボクは《治癒》も持ってるけど、これは別のスキルだよ」

「なら《魅了》ですかね？」

「っ、君は……どこまで知ってるんだい？」

「さあ？」

肩をすくめるように少しおどけてそう答える。単純にキャラクターが所持しているスキルを記憶していただけだ、その中から可能性の高いスキルの名前を挙げたのだが……そうか、《魅了》だったか。

「誰にも言うつもりはありません、というより俺が何を言っても誰も耳を貸さないでしょう」

「……………」

「俺に関わらないでください。先ほどの一件も気にしなくて結構――」

「――駄目だよ」

俺が話を切り上げようとした瞬間、彼女は近づいて俺の手を握る。警戒していたはずなのに、俺の手を握られる位置まで近づかれていた。

「にひひ、こっちはいけるみたいだね」

「……《気配遮断》と《瞬歩》」

「少しは驚いてくれよ……まったく。ボクだって言ったはずだよ、『人は一人じゃ生きられない』って」

フルル先生に触れられているのに、安心感が流れてこない。《魅了》は使ってないよ、と俺が抱いた違和感を説明するようにフルル先生はそう言って寂しそうに笑った。

「ボクは養護教諭だ。スキルを使わないと生徒と簡単に打ち解けることが出来ない頼りない先生だけど……それでもボクは、君を助けたいんだ」

「俺に助けなんて要りませんよ」

「いいや、要るよ。絶対に君を一人にさせない」

そう言ったフルル先生の顔は、何かを悔いるような表情を浮かべていた。彼女の過去はゲーム本編では語られることはない、それゆえに彼女の抱えている過去を俺は知らない。

「どうして、そこまで？」

「おや、君でもこれは分からなかったかい？　秘密だよ……ほら、お昼ごはん食べに行こ？」

しーっと人差し指を口に立てたフルル先生は、俺の手をそのまま引いて校舎へと入ろうとする。

「……行きますから手は放してください」

「ほんとかい？　手を放した瞬間に逃げたりしないだろうね？」

「しませんよ……まったく、お人好しな担任に当たったものです」

「んっ、よろしい！」

苦笑しながら俺はフルル先生の背を追いかける。自分の秘密を知っている人に、こうも無防備に接してくる人はこの人以外いないだろうな……フルル先生に毒気を抜かれた俺は食堂へと足を運ぶのだった。

「あ、高いのは遠慮してくれると嬉しいんだけど……」

「奢ってくれるんでしょう？　もちろん貴族用に用意されている定食を頼みますよ」

「ひーん、タイタン君の悪魔ーっ」

昼食後、「ボクはやることがあるから……」と自分の財布とにらめっこしてちょっとしょんぼりしていたフルル先生がとぼとぼとどこかへ行って、今度こそ一人になった。

フルル先生のお陰で今日の昼食代は浮いたし、急いで何かをする必要もない。

「目下の急務は、自身の強化か」

そう呟いた俺は今ある自身の手札を再確認する。《パラライズ》五発、ゲーム知識、剣技……オーク戦ではこれでギリギリだったし、もっと盤石に戦いを進める必要がある。手札が足りないし弱い、今出来ることと言えば……。

「結局、魔物を狩って金を得るしかないな」

「駄目です！」

「あ？」

中庭に出てやるべきことを再確認していたら、それを他人から否定されるという珍しい現象を体験した。振り返るとそこには鬼の形相をしているシアン姫が。俺は思わず攻撃的な返しをしてしまう。

「魔物って、危ないんですよ！」

「いや知ってるが」

「死んじゃうんですよ！」

らしい。

が、あまりにも世間知らずなせいで「魔物危ない」「魔物怖い」以外の言葉が出てこない

シアン姫が焦った顔をしている。スキルがない俺が魔物を狩ることを止めたいんだろう

「ええと、ええっと……」

「それも知ってるが」

俺はため息をついて足早にその場から離れようと会話を切り上げる。

「余計なお世話だ、じゃあな」

「なっ……私はあなたのために言ってるんですよ！　聞きなさい！」

「だから『余計なお世話』だ、要らん心配をするな鬱陶しい」

「うっと……っ、あなたは弱いんですよ!?　分かってます？」

「あぁ？」

無神経なシアン姫の言葉に、その場から立ち去ろうとしていた俺の足が止まる。確かに

俺は弱い、だがそれを他人から決められる筋合いなぞない。

苛立った顔をそのままにシアン姫の方に向き直る。直接マイナスな感情をぶつけられた

ことがないであろう彼女は、俺のその顔にびくっと身体を震わせた。

俺は、『全てが肯定される世界』というものを舐めていた。こいつは、『自分が思ったこ

とが全て事実になってしまう世界』で生きてきたんだな……ふざけるな。

「な、なんですか」

「貴様の尺度で俺を測るな」

「だ、だってスキルを一つも持ってないんですよ？　私はっ、あなたに死んでほしくなくて……」

「『スキルを持ってない人間は魔物に勝てない』という思考から間違ってるのだ。言っても分からないなら訓練場にでも行って証明してやろうか？」

おそらく、貴様程度なら勝てるぞ？　そう挑発してみると、ムッとした顔でこちらを睨んでくるシアン姫。貴様が俺のことを弱いと思っているからムカつくんだよ、ド阿呆が。

「えぇいいですよ。心苦しいですがあなたを倒すことで、あなたの無謀を止めさせていただきますから」

「その凝り固まった考え、ぶち壊してやるよ王女様。貴様がどれだけ間違っているかを俺が教えてやる」

互いが怒りをにじませながら訓練場へと赴く。学園入学初日から色んな事が起こって苛立ちが抑えられない。価値観が違う、住んでる世界が違う人同士で理解なんて出来るはずがない……それでも一人はダメなのかよ、フルル先生。

訓練場に入ると入学初日という事もあり物珍しさから見物に来ている生徒と、そんな後輩に良いところを見せようと実際に戦闘訓練をしている先輩たちらしき姿を多く見かけた。

剣戟の音がそこかしこで鳴り響き、おおーっという歓声が観客席から上がる。そんな熱狂渦巻く最中、俺たちは互いに向き合って腰に下げている剣を抜いた。

「勝敗は？」

「どちらかが負けを認めるまで……というのはどうでしょうか？」

「俺は死ぬまで負けは認めないぞ？」

「なら剣が手から離れたら負け、ということにしましょうか」

私も負けるのが死ぬほど嫌いですから、と入学式の時と同じような柔和な微笑みを浮かべながら自身のレイピアの切っ先を俺に向けるシアン姫。

そうか、『死ぬほど』か……重みのないその言葉が酷く不愉快に感じる。俺は新調したロングソードをシアン姫に向けながら、一つ質問をする。

「なあ王女様、死を身近に感じたことがあるか？」

「……？　ないですけど」

「そうか。なら覚えておけ、『死ぬほど』という言葉を使うなら――」

――己の全てを賭けろ。

そう言って俺は殺気をシアン姫に向けた。国の王女だろうが何だろうが関係ない、俺を負かそうとしている以上は俺にとって敵だ。敵は今ここで殺す、そういった俺の覚悟は、私怨と混ざって憎悪に変わり、殺気となって周りに漏れ出る。

ヒュッと浅く息を呑むシアン姫、顔が青ざめ呼吸が浅くなる。剣先がガタガタ震えているじゃないか王女様？

いつの間にか周りから聞こえていた剣戟の音がやんでいる。そんな静寂の中、俺はシアン姫を嗤った。

「『等しく』ありたいのだろう？　俺の全てを賭けてやる、死にたくなければ全力で抗え」

「け、剣が手から離れたら負けですからね」

「なに温いこと言ってるんだ？」

死んでからでも剣は手から離せるぞ、そう言って俺はシアン姫に思いきり斬りかかる！

狙いはもちろん首、シアン姫は俺の剣が迫ってくることに恐怖し目を瞑る。もらっ――。

「『やめなさい』っ」

「っ！」

突如、シアン姫が声を張り上げたかと思うと俺の身体が言うことを聞かなくなる。っち、スキルを使いやがったか……シアン姫は俺の身体が完全に静止したことを恐る恐る確認すると、ほっと一息ついてレイピアを下ろす。

「このスキルだけは使いたくなかったのですが……」

「それにしては、初手で切りやがって」

「あなたがいきなり襲ってくるからです！」

「戦いに卑怯も何もあるかよ」

向かい合って一礼からです！　とズレたことを言っているシアン姫に呆れた目を向けながら、俺は彼女が持っているスキルを思い出す……やっぱり凄まじいチートスキルだな、身体が全く動かせない。

そんな俺の姿を見て申し訳なさそうな顔をして近づいてくるシアン姫。自身の勝ちを確信して、才能のない俺に同情する顔。

あぁ、その顔だ……その顔がたまらなく――。

「あなたが言ったんですよ、己の全てを賭けろって……ごめんなさい、『剣を手放しなさい』」

――俺を苛立たせる！

「断る」

そう言って無理やり剣を無防備なシアン姫に振りぬく、何かに押さえつけられるような抵抗感と共に身体からブチブチと嫌な音が鳴るが知らん。剣を持てる握力とこの女を斬る意思さえあればいい！

「えっ――きゃぁっ！」

「っち」

思ったよりスキルの拘束が激しく、剣を振る速度が遅い。そのせいで俺が動いたことに驚いたシアン姫に逃げる隙を与えてしまった。くっそ、厄介だなこのスキル！

「なっ、なんで動けているんですか!?」

「あ？　動けるから動いてるに決まってんだろ」

「そんなはずはありません！　今まで一度だって、動けた人は……」

そりゃそうだろうな、と俺は彼女が自身のスキルに絶対的な信頼を置いていた理由を推し量る。

彼女が今使ったスキルの名前は《王令》。ゲームでは『相手の行動を一回自分が選択出来る』というぶっ壊れスキルだ。ただし誰にでも効くというわけではなく『発動者に対して忠誠心を持っている者』という条件が付く。

そりゃ城に効かない相手はいなかっただろうよ、いたらそれはそれで大問題だ。

俺の場合は、身体がタイタンのものだから、中途半端に効いてしまっているのだろう。あんなでも貴族だったし。

身体が言うことを聞かないのは慣れてる、俺は意思に反して止まろうとする身体を無理やり動かしてシアン姫に剣を向けた。

「スキルは万能じゃない。片手剣を持って槍のスキルは撃てないように、貴様のそのスキルも弱点は存在する」

「そんな……っ」

あえて教えたりなどしない、才能に驕った者の末路だ。俺は剣を振りかぶってシアン姫の右腕を狙う、魔物より身体が細くて狙うのが難しいが今の俺なら相手のひじから先ぐらいは斬り落とせるだろう。

というか《王令》のせいで身体の方が勝手に致命傷を避けるように剣筋を曲げてくるから戦いづらい……！

「勝ちは貰っていくぞ」

「ま、まだです！」

ひらりと王女が踊るようにその場で回り、俺の攻撃を回避するのと同時にその勢いを乗せてレイピアで俺を突いてくる。速い……が、スライムの突進ほどじゃないな。俺は剣を強引に引き戻しながら、レイピアを下から叩(たた)き上げる。

キンッと俺の剣とシアン姫のレイピアが当たる音が鳴り、シアン姫のレイピアが上に跳ね上がる……っち、身体が上手く動かない。もう少し余裕をもって弾き飛ばすイメージだったが、実際はギリギリで頬を浅く斬られた。

距離をとるシアン姫を追撃することなく、俺はイメージの修正をする。もっと剣を振ろうとするタイミングは早くていい、空ぶるかレイピアの先端に掠(かす)るぐらい速く。頬から垂れる血をぬぐいながら俺は次の攻撃を待つ。

「すー……はあぁっ！」

鋭い踏み込みからの連撃。さっきの一撃に俺が追いつけていないと判断したのか、シアン姫は距離を詰めて手数で勝負しに来た。

だが狙うところを目で追いすぎているせいで処理がしやすい、次にどこを狙うかを先に見て確認しているからそこに剣を持っていくだけで今の俺でも簡単にガードが出来る。

「くっ、どうして……」

「焦ったな？」

攻撃が当たらないシアン姫が当てずっぽうにレイピアを振るう、剣筋がぶれたその一撃は遅いうえに軽い！　俺はその瞬間を逃さずに、カウンターとばかりに空いてる拳(こぶし)でシアン姫の腹を殴った。

「うっ……」

「……流石に、追撃は出来ないか」

浅いな。レイピアを引く動作の勢いを乗せて、そのまま後ろに大きく後退されたことで拳が深く刺さらなかった。腰が入ってないラピッドパンチではあったが、刺さって動きが止まれば俺の勝機だっただけに口惜しい、流石にそう上手くはいかないか。

再び微妙な距離感が出来上がる。互いが見合っている中、じりっ……とわずかに右足を後ろに下げたシアン姫がレイピアを腰まで引くように構えた。

《刺突》のスキルを使う気か……俺はだらりと剣を力無く下げ、何も持っていない右手を軽く前に出す。

通常攻撃じゃ勝てないからスキルを使おうとしているんだろうが、俺に対しては悪手だぞ？　そのスキルは——ゲームの中で何度も見たことがあるからな。何度も見た予備動作だ、この後どんな攻撃が来るか手に取るように分かる。

「っ、やあああああ！」

「スキルは万能ではないと……言ったはずだッ！」

先ほどよりも速い突き、大きく右足を前に動かしシアン姫が勢いよく飛び出してくる。

俺は半身になりながらその突きを躱し——前に出していた右手で彼女の胸ぐらを掴んで勢いそのままに地面に引きずり倒した！

「っ……ぁ！」

シアン姫が後頭部を強打される。その間に反撃を受けないように左膝でレイピアを持った手を押さえつけ、剣を逆手に持ち替えた俺はその切っ先をシアン姫の首に添えた。

「チェックメイトだ」

「ちょ……っ、どこ触ってるんですか!?」

「あ？」

どれだけ力を込めようともそれ以上刃が進まないのでただのハッタリなのだが、昏倒から回復したシアン姫がいきなり暴れ始めた。

「放して、『放しなさい』！」

「断る」

《王令》が飛んでくる、やはりこの状態からでも勝ちに来ている王女の胆力に少しだけ感心する。危ない、チェックメイトと勝ちを確信してしまった……俺はシアン姫から離れようとする身体を、姿勢を低くして耐えながら、服を握っていた右手を開いてシアン姫を地

面と挟んで固定するように押さえつける！

――むぎゅう！

「ぁんっ」

「…………」

「変態！　馬鹿！　えっと、その……変態！」

「罵倒(ばとう)の語彙(ごい)力、もっと他に用意出来なかったのか貴様」

「うるさいです！　淑女の、む……っ、むむむ胸揉(も)んでるんですよ!?」

「……あぁ」

なんか右手が柔らかいもの触ってると思ったらおっぱいか。美少女の胸を揉んでいるという事実に興奮……しないな。右手をシアン姫から離すように上げたら、そのまま身体ごと離れそうな《王令》の強い強制力に抗うのに必死で淑女を気遣う余裕がない。

「というか、そんなに足バタバタさせてたら見えるぞ淑女」

「え？」

「学園の学生服、女子生徒はスカートだから――」

「……っ！」

バッと赤面して慌てて空いていた左手でスカートを押さえに行くシアン姫。これで相手の両手が塞がったな。というか俺の発言でそっと王女の足元側に移動した男子生徒がちらほらいることに呆れる、見ようとするな変態共。

「………………」

俺はそんな周りの奴らに呆れつつ無言で逆手に持った剣を首から離し、そのまま剣先をシアン姫の右腕を狙うように持ってくる。それが出来たのはまさしく相手の上半身の抵抗する術がなくなったから、今この場で、『勝つこと』以上に優先する事項が存在しているとは危機感がない。

「そんなこと気にしていられる余裕があるとお思いで？　王女様」

「ひっ……！」

俺がそう言って嗤うと、やっと今の状況を正しく理解したのか、恐怖で顔を引きつらせ身体を硬直させる彼女。ありがたい、これなら正確に剣を当てられる。

結局こいつの『死ぬほど』という覚悟は温すぎる……多少拍子抜けしながらも俺の剣の切っ先は彼女の右腕に吸い込まれて――。

「うおおおおおおっ！」

――ガキィンッ！

行くその直前に、男の雄たけびと共に差し込まれた何かに逸らされた。それが剣身の広い大剣であると俺が認識した次の瞬間には、その大剣を振りぬかれて俺の身体が宙に投げ飛ばされる！

浮かされた……っ、どんだけ筋力ステに特化してんだこいつ⁉　押し込まれるように後ろに弾き飛ばされた俺は、空中でバランスを取り直して地面に着地する。

土煙が上がり、俺とシアン姫の位置が見えなくなる。あいつはいったい……いや、『そんなことはどうでもいい』、この状況を利用して次こそ確実に勝てる一撃を叩き込むことを考えろ。

俺はすぐさま土煙の中に突っ込む。邪魔が来た以上、土煙が晴れて対峙した状態だと単純に数の差で不利になってしまう……勝負は速攻。大剣なら土煙からの不意打ちで近づいたら振り切れないだろ？

しかし、周りを囲んでいた生徒たちから「右だっ！」という声が上がり俺の位置がばらされる。舌打ちをしながら足を急停止させた俺の目の前で、分厚い刃が横なぎに振るわれた。

その一撃で土煙が吹き飛ばされる、視界が開けて奇襲は失敗だ。

「だぁくそっ！」

俺はイラつく気持ちをそのままに地面を蹴る。飛び込んできた邪魔者のせいで、周りがそれに続いてシアン姫に味方するようになってしまった……俺は目の前にいるシアン姫を俺から守るような立ち位置で大剣を構えている男子生徒を睨む。

明るい茶色の前髪から覗く切れ長の目は、俺を鋭く睨みつけて離さない。細身の体躯であるにもかかわらず軽々と大剣を持ち上げてブレないのは、やはり筋力ステータスが高いからか。

見えていた勝利への道が英雄気取りの馬鹿に閉ざされた、そのことが余計に俺を激情させる。あと少しだったたってのに！

「なんのつもりだ貴様ァ！」

上手くいかない、しかもそれが相手が予想より強いとかではなくて周りからの妨害でだ……っ！　俺のイライラはすでに最高潮、つい声を荒らげて威嚇するようにその男子生徒に向かって叫ぶ。

彼はそんな俺の態度も意に介さず、不愛想に俺の言葉に応える。

「別に、僕が危ないと思ったから助けただけだ」

「これは互いが納得して始めた戦いだ、部外者はどけ！」

「それは出来ないな、ずっと見てたけど……お前、王女様を本気で殺しに来てたな」

「だからどうした？　そこの王女が『負けるのが死ぬほど嫌い』と言ったのだ、ならば負けるか死ぬかしかそいつに選択肢はない」

俺は死ぬ覚悟で戦っている。そいつが死ぬのならば、そいつの実力が俺より弱かっただけだ……そう言いながら頭に上った血を一息ついて落ち着かせる。

大丈夫、まだ俺の手札は割れてない。《王令》の効果はまだ切れないのか、身体は動きづらいし左手が勝手に開こうとして剣を握る握力も心もとない……が、まだ俺は負けてない。

さっきの一連の流れでシアン姫は大した脅威にならないと判断し、俺は先にこの目の前にいる男子生徒を処理することを念頭に置く。

様々な戦い方を考えながら、俺は攻略方法を思いつくまでの時間稼ぎにその男子生徒との会話を適当に引き延ばす。

「そんなの言葉の綾じゃないか！　彼女は王族なんだぞ!?」

「王族が付け込まれるような綾を言葉に込めている方が問題だろ？」

「彼女は一介の生徒だろ？　それぐらい許してやれ！」

「はぁ……貴様の主張は一貫してないな。シアン姫を『王女として』なのか『生徒として』なのかどっちの主張を通したいのか決めてから出直せ」

「どちらもだ！」

　そうだそうだ、と賛同の声が周りを囲んでいる生徒たちから沸き上がるが、そんな主張と同調圧力には何の意味もない。俺は周りを見渡しながら嘲笑う。

「それを魔物相手に言って手加減してくれると思うならその主張を通せ。少なくとも俺が戦ってきた魔物は、殺すか死ぬかしか選択肢はなかったぞ」

「お前こそそれは言いがかりじゃないか！　人同士の戦闘なんだから本気で殺しに行く必要はないだろう？　彼女は戦闘する意思をすでに失っていた！」

「それこそ言いがかりだな、この勝負が決着する条件はどちらかの剣が手から離れること。剣を握っている以上、そいつはまだ負けていない。ならば殺すか、戦闘する意思すら抱かないほどに心をへし折るか。最低でもその腕を折るか斬るかしないかぎり俺は勝てない」

　そう言って、男子生徒の後ろでキュッと口を結んで俯いているシアン姫を見る。レイピアを下に向けてはいるが決して握っている手を開こうとしない、まだこいつは勝とうとしている。

　相手の動きを止める《パラライズ》はその部位を触れることでしか発動しない……さっき王女様を組み敷いた時に念入りに撃っておくべきだったと後悔する。身体が満足に動かない今、普通の《パラライズ》の方を撃っても当たらずにいたずらに手札を見せてしまうだけ、さてどうする？

「だったら……っ！」

俺が解決策を思いつかずに焦りが募る中、男子生徒がそう意を決したかと思うと大剣を振り上げる。俺と彼との距離はまだ遠い、スキルか！

あのモーションは《地砕き》、少し離れれば範囲から離れられ――。

「『動かないで』」

ビシリと固まる両足。しまっ……！

「はああああああああっ！」

「くそっ、くっそ……くそがあああああっ！」

男子高校生が地面を荒々しく大剣で叩きつけ、周囲が隆起するように地割れが起きる。

俺はダメもとで咄嗟に前に剣を出し何とか耐えようとするが、そんな抵抗も虚しく剣ごと腕を巻き込まれ、剣が手から抜けて宙を舞った。

カランカランと地面に落ちる俺の剣、そしてシアン姫の手にはレイピアがきちんと握られている……その意味するところは。

「これで、お前の負けだな」

「おおおおおおおおっ！」

満足そうにそう言いながら大剣を背中に背負った男子生徒、周りの生徒が彼らを称賛するように歓声を上げる。

負けた……負けた。最後の雄たけびは、世の不条理に対する怒り——ではない。俺の不甲斐なさを責めるもの……自分を散々、弱い弱いと思っていながら頭に血が上って注意力が落ちていた。個人の実力は完全に俺が勝っていて、最後は『勝てる』と確信してそこで思考を止めてしまった。この負けは……俺の慢心が招いたものだっ！

それが、シアン姫の逆転の一手になってしまった……最悪だ。

座り込んでうなだれている俺の側に、シアン姫が近づいてくる。その足音につられて顔を上げてみると、彼女の顔が先ほど見せていた可哀想なものを見るような表情を浮かべている……やめろよその顔、俺を憐れむな、俺に同情するな。

——俺が負けたのが、才能の差であるかのように思っているその顔に腹が立つ。

シアン姫が俺の前に立つと、何を話しかけようかパクパクと何度か口を開いたり閉じたりを繰り返した後、頭を下げながら俺に謝罪をしてきた。

「申し訳ございません、こうした結果になってしまって」

「謝るな、頭を下げるな。自身の罪悪感を軽くするためだけの謝罪に意味はない」

「そんな……こと、思ってなんか」

「俺は俺の全てを賭けて戦おうとした。そして貴様は自分の全て……自身の『人望』をもって俺に勝った、ただそれだけのどこに謝罪が要る」

俺がその可能性を追えなかった時点で、足を止められたことに驚いて次の手を考えられなかった時点で。俺の慢心が招いた負けなんだよ、そう言って俺はゆっくりと立ち上がる。

「だからそんな顔をするな、俺を憐れむな……約束は守る、それで満足だろ」

「いえ」

「……他に何が望みなんだ？」

落ちていた俺の剣を拾って鞘に収めながら仏頂面で俺がそう聞くと、申し訳なさそうな顔を破顔させてニッコリと微笑みながらシアン姫が言う。

「胸を揉んだこと、誠心誠意謝罪してください」

「戦いの中で起こった事故だ、貴様がスキルを使って突っ込んできたから起きたことだから責任はそちらにあると思う」

「淑女の胸を触ったこと自体が重責なので、それでおあいこです」

「おあいこなら謝る必要はないな」

「しゃ・ざ・いっ！　してください！　それで許してあげますから！」

「俺に罪悪感はない！」

「なお悪いです！」

ずももも……と黒いオーラがシアン姫から発せられている。「そうだー、謝れー」と囃し立てている周りの生徒共、お前らシアン姫のパンツ見ようと移動してたの知ってるからな？

「はぁ……あなたのこと少しだけ分かった気がします。あなた、おかしい人ですね」

ため息をついたかと思うと、黒いオーラを霧散させながら肩を落としつつそう言うシアン姫。小さく「あと変態」と追加したの、聞こえてるからな。

「俺は逆に、貴様のことが分からなくなった」

「え？」

「死ぬのが怖い、世間も知らない、そんなただの箱入り娘かと思えば絶望的な状況でも勝とうとする意思だけは絶対に折れなかった」

「…………」

「おかしい人、という印象はお互い様だ。ただの負けず嫌いにしては覚悟が甘すぎるが、意思が強すぎる」

こんな複雑な性格だったとはゲームのキャラクター説明には書かれていなかった。そんなことを思いながら俺は彼女に背を向けるようにして訓練場の出口へと向かう。

俺が離れるとワッ！　とシアン姫を囲むように生徒たちが集まってくる、口々に彼女の勝利を称賛しながら俺への悪口で盛り上がっていた。

そんな生徒たちを困惑したような表情で見ている彼女に、先ほど割って入った茶髪の男子生徒が近づいてくる。シアン姫は助けてもらったことにお礼をするためにその男子生徒に頭を下げた。

「先ほどは……助かりました」

「いえ、クライハート王国の一市民として当然なことをしたまでです」

「お名前をうかがっても？」

「僕の名前は『ハルト・ウルリッヒ』と申します、シアン王女殿下」

その名前になんとなく聞き覚えがあり、俺はふと足を止める。男キャラにあんな奴いたか……？　知らない顔のはずなのに、名前だけは何回も見たことがある奇妙な感覚を覚える。

しかしチラリと盗み見るようにハルトと言った男子生徒の顔を見ても、やはりピンとこない。次第にズキズキと身体が痛みを発して思考が纏(まと)まらなくなった俺は訓練場から一人出て行くのであった。

向かうのは寮、ではなく校舎。保健室の位置はここか……さっきまでアドレナリンが出ていたお陰で痛みはなかったが、訓練場を出る直前からアドレナリンが切れたのか全身がすごい痛い。腕が上がらないな……俺がどう目の前の保健室の扉を開けるか悩んでいる時、扉がガラッとひとりでに開く。

「自動ドアか……」

「ボクが開けたんだよっ！　もうちょい視線を下げる！」

「あぁ、すみません。痛すぎて首が動かせないんですよ」

「なんだって⁉　とっ、とりあえず《治癒》！」

俺の太ももを触られたかと思うと、ふわっと痛みが取れる感覚が起きる。ゆっくり視線を下に移すと、フルル先生が真剣な表情でぺたぺたと俺の身体を触っていた。

「全身の筋肉が断裂している……？　いったいボクと別れてから一時間もしない間に何が起きたんだい⁉」

「《治癒》ってどこがどうケガをしているとか分かるんですね」

「感覚で患者の状態が分かるからね、ってそうじゃない！」

「あー……その、廊下で話すようなことでもないので中で」

ぷんすこ両手を振り上げて怒ってるフルル先生の脇の下に腕を通して抱え上げる。そのまま保健室の中に入り、側にあった椅子に座って俺が手早く何が起きたかを話すと、今度は頭を抱えてフルル先生は蹲り始めた。感情の忙しい先生だな。

「王女様に絡まれたからイライラして訓練場で殺す気で戦ったら《王令》を使われた？　しかもそんな状態で身体を無理やり動かして、全身ぶっ壊しながら戦闘続行するかな普通⁉」

「まぁ、そうでもしないと負けそうでしたし」

「勝ちに貪欲過ぎるよタイタン君……それで、周りの生徒からの介入があって最後は負けちゃった、と」

「まあ、そんな感じです。勝ちに貪欲なのはお互いさまでしたがね」

「……王女様を恨んだり、ズルいとか思ったりしないのかい？」

「お互いが全てを賭けて戦うと言った上での結果です。一対一で戦おうなんて条件もありませんでしたし、己の不甲斐なさを感じることはあれど彼女にはそういった感情はありませんね」

「そっか……君は大人なんだね」

「そんな格好いいものではありませんよ。敗北の理由を自身の中に探し求めないと変われない……負けた理由が自身の中で見つからなければ、そこが自分の限界と分かってしまう」

それを認めたくないだけですよ、と自分の手のひらを見ながら自嘲する。

もっと戦闘で詰められるところがあった、もっとあらゆる可能性を考えられた……俺は拳を握りしめて、あったかもしれない『たられば』に打ちのめされる。

そんな俺を慰めるように、フルル先生が立ち上がって俺の頭を優しく撫で始めた。フルル先生は少し呆れ気味の顔をしながら微笑む。

「君は……完璧であろうと自分を責めすぎているんだね」

「……完璧でなければ負ける、それをこの戦いでも痛感したところです」

「貴族の『弱みを見せてはいけない』というプレッシャーから来るものなのか、それともスキルを持たずして生きてきたが故に出来た人生観なのか……ごめん、ボクには分からない。でもね、タイタン君」

君の求める完璧は、今この瞬間に手に入るのかい？　俺の前髪をさわさわと撫でながらフルル先生はそう問いかけた。そんなの……。

「ありえません、ね」

「そう、ありえない。だからキミはまた完璧を求めて自分を責める、理想の『完璧』を体現するためにね」

「ええ、それが当たり前だと思います」

「……君の理想は一生来ないよ、タイタン君。君は『完璧』を追い求める一方で、『完璧』に恐怖している。誰もが君を完璧だと評価しても、君はそれすらも否定すると思う」

「…………」

「ボクはね、タイタン君。『勝つこと』と『完璧になること』は別だと思うんだ」

だって、現に王女様は君に勝ったわけだろう？　と俺の両頬に手を添えながらフルル先生は微笑む。

「君から見て、王女様は『完璧』だったのかい？」

「……いいえ」

「勝てたのは、周りの生徒もいたからだって君も言ってたじゃないか。個の力には限界がある、悲しいけどそれが普通……それでも勝つために足りないものを補うのが人なんだよタイタン君」

君のその考えは、いつか君すらも壊してしまう。そう優しく俺をたしなめたフルル先生はそっと手を離す。個の力には限界がある、か。

確かに、俺の『たられば』は味方がいれば解決するものが大半だ。周りを見ておく索敵、対応が遅れた時のカバー、ハルトへのかく乱行為。一人いるだけで、自身の手札は爆発的に広がる……のだが。

「『味方がいると自身に甘くなる』『俺に味方はいない』……かな？」

「……《読心術》ですか」

「おっ、当たりかな？　《読心術》は使ってないよ、ただそうじゃないかなって思っただけさ」

「先生の前で、隠し事は出来ない気がしてきました」

「本気で隠されたらボクだって無理だよ……さて、『味方がいると自身に甘くなる』というのは間違いだよタイタン君。持ちつ持たれつってやつさ、君の負担が減る代わりに、味方の足りないものを君が埋めるんだ」

「俺が埋められるような他人の足りないものなんて、ないと思いますが」

「君には君にしかないものが必ずある、ただスキルの数だけが才能の全てじゃないんだよ」

ボクだって戦闘に関していえば才能はないけど、こうして生徒の悩みを聞くことに関しては才能があると自分では思うんだよね。フルル先生は自身の腰に手を当ててそう自慢げに鼻を鳴らした後、だから、と言葉を続ける。

「君にもきっとあるよ、他人にはない誰もが羨（うらや）む才能がね」

「才能、ですか……」

「うん。そしてもう一つ、『俺に味方はいない』ってのも違うよタイタン君。少なくともボクは君の味方だし、味方を増やす方法はボクが何度も言ってるだろう？　相互理解、だよ」
ぽんぽんと肩を叩きながらそう微笑んだフルル先生に対して、俺の表情は暗いままだっ
た。先生の意見は正しい、正しいとは俺も今なら思える……だが。
「環境、価値観、人生。その全てが違う他人の思考の理解なんて、不可能だと思います先
生」
「そうだね……さっき自分で才能があると言った手前恥ずかしいんだけど、ボクでも君の
全てが分かるわけじゃないんだ。ましてや君たちはまだ子供だ、その違いに気付いてる人
すら少数だろう」
「なのになぜ、先生は俺の味方だと？」
「『共感』、だよ。環境も価値観も、考え方すらも違う人でも同じところは必ずある。人を
全て理解する必要なんてないんだ、ただ自分と同じところを探してその人を理解するきっ
かけにすればいい」
「共感が、きっかけ」
「他人を完全に理解するなんて、それこそ『完璧』になろうとするのと同じだよ。だから
最初に言ったじゃないか、『ぶつかっても、喧嘩しても良い』ってさ」
君は王女様に実際にぶつかって喧嘩してみたじゃないか、何か共感した部分があるんだ

ろう？　そう微笑むフルル先生に、少しだけ笑う元気を貰う。

「ええ、あの王女。俺と同じぐらい勝つことに執着していましたよ」

「ボクの生徒たち、血の気多すぎない？」

「良い事じゃないですか、勝つことを諦めるよりかはよっぽど」

「にひひ、それが君の価値観なんだね。ボクもまた君への理解が進んだよ」

だから、何か悩んでることがあれば保健室に来てくれよ、ボクは君たちの担任なんだから。そう言ってフルル先生は俺の後ろに回り込んで背中を押す。

俺は保健室に来た時より、不思議と心も身体も幾分かさっぱりとしていた。

「何かスキルを使いましたか？」

「おや？　使ってないよ、どうしたんだい？」

「いえ、何でもありません」

「ふ～ん？　ふふっ、あんまりケガしないでくれよタイタン君」

椅子から立ち上がった俺に何か含みのある笑みを浮かべながら、フルル先生はそう言って保健室の扉を開けてくれる。

俺の激動の初日は、こうして終わりを迎えるのであった。

ACT4 『知りたい』

私はシアン。第一王女シアン・クライハート、次の王としての運命を定められた私の人生は――とても恵まれておりました。

望めば何でも手に入り、やりたいことは何でもさせてもらえる。自分が思った通りに周りが動くことに、私は神にでもなったかのような全能感を感じておりました。

そんな私（神）は今。

「あぁっ、どうしましょうクロノ！　泡が、泡が止まりません⁉」

「考察。多すぎる、洗剤が」

「考察してないで助けてくださぁい！」

寮の部屋を泡だらけにしておりました。

学園に入学してもうすぐ一ヶ月、学園に咲いていた桜は散って青々とした葉が茂ってきました。私はタイタンさんとの勝負以降、生徒たちとの距離感も近づき、みなさんから毎朝気軽に挨拶をしていただけるようになって……いや、まだ他愛もない雑談というものはないのですが。

「交代。私がやる」

「いえっ！　みんなが普通にやれているのに一国の王が出来ないともなると大問題です！」

「問題。王族が自分で洗濯している方が」

「タイタンさんはやってましたよ？」

「変人。あれは、ただの」

クロノが泡まみれの床を進んで奥の窓を開けながらそう言います。あぁ、夕日で赤く染まった空に泡が飛んでいく……そんな様子を見ながら、私はここ一ヶ月の生活を思い出していました。


あの勝負があった次の日、気が昂っていたのか眠れずに朝を迎えた私は、眠っているクロノを置いて寮を出て散歩をすることにしました。

頭がボーッとしていて重たいな、まだ眠れる時間あるかな、なんて考えながら日も出ていない時間に寮の周りを歩いていると遠くから空気を切るような鋭い音が聞こえてきました。

気になって私がその音の方に近づいていくとそこには……。

「四七八……四七九……四八〇……っ!」

「タイタン……さん?」

「っ、誰だ!」

タイタンさんが、木刀を振っていました。思わず声を出してしまった私に、木刀を振る手を止めてすぐさま私の方に構えた彼に思わず慌ててしまいます。

「私ですっ、シアンです!」

「……何をしに来た」

「ええっと……なんとなく?」

「……はぁ、淑女が寝間着のまま外を歩くな」

害意がないのは格好で分かるがな、とまた木刀を振り始めたタイタンさんのその言葉に、遅まきながら私がとんでもない格好で外をうろついていたことを自覚します。あわわわわ……っ!

「み、見ないでくださいっ」

「どちらかというと見せつけに来ただろ貴様が……」

「あぁ、どっ、どうしましょう!?」

「知らん」

殿方にあられもない姿を！　で、でも服の脱ぎ方なんて分からないですしっ⁉　あぁ、あああ……。

ボヒュンッ！　という音と共に顔を真っ赤にした私に、タイタンさんは呆れたようなため息をつきながら、側に置いていたコートを投げ渡してきました。

「春とはいえ朝方の外はまだ寒い、それでも着ておけ。前でも閉めたら少しは恥ずかしくないだろ」

「……ありがとう、ございます」

「礼は要らん。王女が風邪をひいたとなれば、責任を問われるのは現場にいた俺と王女の付き人であるクロノだ。分かったらさっさと着て帰れ、後で返せよそのコート」

仏頂面でそう言いながらも木刀を振る手を止めないタイタンさん、私に物を献上出来ること自体が至上であるというのに……返せとは。そんな私の不満げな感情を知ってか知らずか、彼は木刀を振りながら言葉を続けます。

「金がないんだ、コートは高いんだよ」

「でもあなたは侯爵の、オニキス家の人間ですよね？　コートの一着ぐらい言えば……」

「オニキス家は『国の矛』を信条としている、そんな家でスキル一つ覚えない者の扱いなど想像すれば分かるだろ」

「いやでも……家族ですよね？」

「はぁ……貴族は王族よりも価値はなく、それでいて平民よりも責任がある。常に取捨選択を迫られて、選ばれなかった方は切り捨てられるだけだ」

そう言ったタイタンさんの顔は、それが当たり前だというような飄々とした表情をしていました。

王家が開くパーティーに招待される貴族の方たちは、誰しも我が子を自慢げに話して見せあっています。その様子を見るたびに私は「ご家族を大切にしていらっしゃるのですね」と嬉しそうに納得していましたが……そんな。

信じられない真実をさらっと言われた私は、今木刀を振っている目の前の男が別の世界から来たかのような感覚を覚えます。

「今まで一度も、聞いたことがありませんでした」

「当たり前だろう、好き好んで王族の前に自身の汚点を見せたり聞かせたりしに行く馬鹿がどこにいる？」

「………………」

「現に、オニキスという名前は聞いたことはあっても俺の顔は今まで見たことがなかったはずだ」

気軽に発せられた彼のその言葉に妙な説得力を感じます。振り返れば王城で見かける方は毎回同じで、私も彼に指摘されるまでそれに対して何の疑問も持っていませんでした。

全員が一人っ子のはずがない、私は不測の事態で後継ぎがいなくなることを防ぐために複数の側室を娶（めと）る貴族の家もあると教育係の先生が言っていたことを思い出します。

「四八一……ふぅ、口を滑らせすぎたな。もう帰れ」

「……もう少しだけここで見ていきます」

「邪魔——ああいや、好きにしろ」

私は何も知らなかった、知ろうともしなかった。そんな未知の話を聞いてなんとなく、別世界の彼を観察してみようと思ったのです。そんな私の言葉を聞いて邪険に追い払おうとした彼は、一瞬止まって何かを考えたのちにぶっきらぼうに側で見ていることを了承してくれました。

「四八二……四八三……」

「…………」

すごく、きれいでした。縦に真っすぐ振られる木刀が翻ったかと思えば、そこから流れるような畳みかける連撃。私には剣のお師匠様がいましたが、彼の剣筋はそのお師匠様と被るものを感じます。

これが、『選ばれなかった方』……？　こんなにも洗練された動きをしている人が選ばれない？　私の頭の中には多数の疑問が浮かび、思わず彼に聞いてしまいます。

「なぜ、あなたは選ばれなかったのですか？」

「さっきも言っただろ、スキルを一つも覚えられないからだ」

「しかし、あなたの剣の腕は素人目からしてもかなりのものです！」

「はぁ……少しだけ、この世界の仕組みについて教えてやる」

常識的すぎて考えたこともないだろうからな、と言って手を止めたタイタンさんは、そのまま木刀で地面をガリガリと削り一人の人間を描きます……すごく上手い、二頭身ぐらいの私の絵が一瞬で出来上がりました。

「スキルというのは通常の攻撃よりも威力が高いのは分かるだろう。だが他にもメリットがあるのを知っているか？」

「メリット？」

「すごく当たり前のことだ、『同じスキルを使えば誰でも同じ動きが出来る』。例えば剣を握ったことのない村人だとしてもな」

「……？」

「ピンと来てないか？　そうだな……貴様の持つ『刺突』のスキルを、俺が同程度のクオリティーにまで叩き上げるとなると一年は最低かかると言えば分かるか？」

ガリガリと私の絵の横に棒人間を描いたタイタンさんは、レイピアを二人に持たせるように小さな縦線を追加しつつそう言いました。

そんなこと、考えたこともありませんでした。スキルの挙動をスキルなしで再現するのにどれだけかかるかなんて……発動すれば勝手に体は動きますし、威力だって普通に攻撃するよりも段違い。改めてそう説明されて、スキルというのがどれだけ有能なものなのかを私は自覚します。

「そこまでしても威力という越えられない壁が存在する。剣も握ったことのない村人でも、スキルを覚えればその時点で俺の一年を軽く飛び越える……この世界は限られた人生の中で『どれだけスキルを覚えるか』が強さに直結するんだよ」

忌々しいことにな、そう話を締めくくったタイタンさんは苛立たし気に片足で地面に描いた棒人間を消します。私の絵だけが地面に残っているそれは、まさしく『選ばれた者だけが生き残る』ということを示唆しているように見えました。

「これが世界の、仕組み」

「『刺突』を再現したいとレイピアを振っていたら、才能の大小はあれどいつかは『刺突』

のスキルが発現する世界だ。今までの人生の大半を剣に捧げてもスキルが発現しなかった俺は、相当な無能に映るだろうな」

そう言って彼が木刀を腰ほどに低く構え、じりっ……とわずかに左足を下げる。そして大きくその左足を前に出し、鋭い突きを空中に放った。

あぁ、なんて残酷なのでしょうか……私はその彼の突きを見て心を痛めます。見事な『刺突』でした、芸術的なまでに美しい剣の一閃。

しかし、それだけなんです。威力も、速さも、スキルの『刺突』に遠く及ばない。これが彼の生きる現実……。

「長く喋りすぎたな、そろそろ他の生徒も起きるかもしれない時間だ。寝間着姿を他に見られたくないならさっさと寮に戻れ」

「あ……」

気が付けば空が白み始め、雀の鳴き声がどこからか聞こえてきました。いつの間にそんなに時間が経っていたのでしょうか、私は慌ててぱたぱたと女子寮に戻ります。

私は何も知らなかった。自身の無知がすごく恥ずかしく、そしてそのことがすごく悔しい。行き場のない不満や怒りをぐるぐると抱えながら、私は足早に帰るのでした。

寮の前まで帰ると、クロノが寮の前でうろうろと困ったように何かを捜していました。

私が姿を現すと、安心したかのようにほっと胸を撫でおろしています。

「恐怖。起きたらいなくなっていた、王女様が」

「すみませんクロノ……ご心配をおかけして」

「質問。そのコートは？」

「あ、たまたまタイタンさんと出会ってですね」

「焼却」

「駄目です！」

燃やしたら返せないじゃないですか！　執拗に燃やそう燃やそうと言ってくるクロノをたしなめながら自分たちにあてがわれた部屋へと戻ります。

寝間着姿で外に出てはいけないとお小言を貰いながら、脱がせようと近づいてくるクロノを止めて一人で着替えてみます。

「あれ？　あれれ？」

「手順。服を脱ぐにも」

「んん～！　脱げません～！」

「駄目。伸びてシワになる、そんなに伸ばしたら」

ぜぇ……はぁ……学生服を、着るだけで、こんなにも時間がかかるとは。このままだと遅刻してしまうので、髪をクロノに梳かしてもらい、手早く朝食を食べて校舎へと向かいました。

その道すがら。

「仕事。王女様の身の回りの世話をするのは、私の」

「ですが、その……一人で何も知らない、出来ないというのは、あまりにも格好悪いと思いまして」

「無論。支える、私が」

「クロノが寝ている時ぐらい、私が出来ないと……」

「提案。起きる時間を早める、私が」

「そんな、悪いですよ」

服を着替える事すら誰かの手を煩わせないと出来ない自分に心底凹みます。ずっとクロノや使用人に手伝ってもらって、私はその間うつらうつらと舟をこぐだけ。今更ながらに、そんな自分が恥ずかしくなったのです。

結局、押し問答の末にクロノの監視のもと行う、という事に決着がついたころには校舎にたどり着いているのでした。

そして一ヶ月ほどが経った現在、タイタンさんから「そろそろコートを返せ」と言われてすっかり忘れていた私は、クロノと共にコートを洗って返すように洗濯をしている……のですが。

「洗濯って、こんなにも重労働なんですね……」

「同意。雑に洗った方、あれでも」

「ええ⁉」

「色落ちをしないか気にしながらやる、本来は」

勿論（もちろん）。王女様のコートはそうしてる、と濡（ぬ）れたコートを乱雑にベランダに干しながらクロノはそう言いました。

泡だらけの部屋はしばらく使えませんね……放課後にコートを洗って干したので、まだ夕方です。

「どうしましょう？」

「提案。一度アンデルセン王に顔を見せるべき」

「…………」

「催促。たまには顔を見せろと、王城から手紙が」

「…………」

「音読。『帰省せぬと寮を閉鎖しちゃうもんね！　つーん！』」

「行きます、行きますから！」

　はぁ、私は肩を落としながら寮を出ます。お父様はその……なんというか、ありがたいことに私のことが大好きなんですけど。今でも私のことを小さな子供だと思っているのかスキンシップが激しく……はっきり言ってキモイです。

　みんなが見ている前で頭撫でるのやめてもらえないですかね？　パーティーで『シアンの子供のころはのぉ、こんなに可愛くてのぉ！』と同じ自慢話を無限に繰り返さないでもらえますかね⁉　恥ずかしいんですよ！

「はあ、馬車を用意してください」

「万端。すでに準備出来てる」

「……早いですね」

「通達。洗剤を大量に入れた時には既に」

　クロノの優秀さが今は恨めしいです、でも今夜寝泊まりする場所もないし……行くしかないですよね。

　すごく重い足を運んで、クロノと共に校門に止まっている馬車に乗ります。動き出した馬車の中で、どうにかお父様との面会時間を削れないかを私は思考し始めました。

「ねぇクロノ、入室と同時にお父様の意識を落とせませんか？」

「可能。私が死刑になるのを除けば」

「じゃあ駄目ですね」

「提案。『お父様なんて大っ嫌い』」

「それは……いえ、お父様は鬱陶しいですけど嫌いではないですので。それを言うのは酷ではないでしょうか？」

　ああでもないこうでもないとクロノと話しているうちに、話題はズレていきお父様への不満大会へとなっていきます。髭をじょりじょり私に擦ってくるの、本当に肌に悪いのでやめてほしいんですよまったく！

　そんなことを話していると、あっという間に王城に着いてしまいました。結局、なんの対策も浮かばず私たちはお父様がおられる執務室の前に。私はもう意を決して、お父様と相対することにしました。

　クロノが執務室の扉をノックします。

「おるぞ」

「クロノです、王女様をお連れ致しました」

「入れ」

クロノの畏まった話し方を久々に聞きましたね、と少し得した気分になりながらクロノが開けた扉を通って入室します。

その瞬間、勢いよく書類の束を薙ぎ倒しながら机の上を滑り猛ダッシュでこちらに近づいてくる男の姿がっ！

「シ〜ア〜ン〜！」

「『止まりなさい』！」

「断る！」

「なんで《王令》効かないんですかぁああああ！」

私の方に全力疾走してきた男……お父様に、思いっきり抱き着かれて頬ずりされながら私はそう嘆きました。うう、髭じょりじょり痛いです……。

「すまぬ、取り乱したな」

「今さらかっこつけても威厳とかないので普通にしてくださいお父様」

「じゃあ普通にしようかの！　シアン〜！」

「来ないでください！」

「娘に……嫌われた……っ⁉」

「当然です！」

私の目の前で白目をむいて気絶している銀髪を短く切り揃えている男。歴戦の戦士かと見間違うほどに筋骨隆々な巨漢の彼が、情けなく倒れている今の状況を見て、クライハート王国を治める国王『アンデルセン・クライハート』であるなんて信じる人はいったい何人いるんでしょうね？

アガガガガ……と意味の分からない奇声を発しているお父様は放っておいて、部屋に戻ろうと私がした時、お父様が正気に戻って私を呼び留めます。

「まあ待て、もうすぐ夕食じゃ。ワシも仕事を切り上げる、久しぶりに家族揃って食べようではないか」

「久しぶりって、まだ一ヶ月ですよ？」

「ワシの中では『久しぶり』なのだ！」

「賞賛。我慢出来た方、あれで」

クロノの耳打ちで思い出します。そうでした、お父様の『久しぶり』の感覚は異様に短いのでした……そして我慢の限界を超えると、死ぬほど甘やかされるまでがセットなのです。

「私、夕食の時間が終わったあと生きていると思いますか？」

「……誓約。見ない、私は」

「そうしてくれると私は救われます……」

ごっはん、ごっはん、娘とごっはん！　とうきうきで執務室を出て行ったお父様を見て、私はこれから起こるであろう悲劇に思わず目を伏せるのでした。

そして、夕食の時間が過ぎる。何があったのかは……恥ずかしいので思い出したくもありません。お母様と妹のサラの前でなんて辱めを……これだからお父様のもとに帰るのが嫌だったんですよ！

クロノが温かい紅茶を目の前のカップに注ぎながら背中を優しくさすってくれるのが心に沁みます、ですので肩を震わせて笑いを堪えているのは不問に付しましょう。

食後の紅茶を飲みながら、のんびりとした時間が流れます。

「さて、シアンよ。報告は定期的にクロノからしてもらうことになってはおるが、最初はやはりそちの口から聞きたい。どうじゃ？　学園に通って何かあったかの？」

「何か、と言われましても……何から話せばいいのか」

「ほう、たった一月という間に多くの体験をしたのじゃな、シアン。夜はまだ長い、王妃もサラも聞きたいじゃろうて」

「はいっ、お父様！」

元気よく机をぺしぺし叩きながらサラが私を急かしてきます。あぁ可愛い……私の妹、可愛すぎませんか⁉　前後に揺れてツインテがぴょこぴょこ跳ねているところも、目をキラキラさせて私を見てるところも、もう最高です！

そんな最高に可愛いサラが来年には後輩として入学するとなれば……今のうちに対策を立てておかなければ。まずタイタンさんからは遠ざけましょう、変な影響を受けそうですし。

そんなことを考えている私を他所に、お母様が優しくサラをたしなめます。

「あらあらサラったら、はしたないですよ。でもそうね、私も気になるわ」

「お母様まで……分かりました」

「お姉さま、早くっ」

そうしてみんなに期待されながら私が話し始めたのは入学してからの出来事、タイタンさんのことについては……隠そうかと思いましたがどうせクロノの報告でバレると考えたので正直に話します。

「入学してからこの一ヶ月は、楽しいというよりかは他者との違いを理解するのに苦労する日々でした。知ってますか？　服ってまずボタンを外さないと脱げないんですよ？」

「待て待てシアンよ、話が入ってこぬ」

「入学して初日に命がけの斬り合い……？」

「お母さま、学園って怖いところなのですか？」

ふと見ると、お母様もお父様も頭を抱えています。サラも怖がってびくびくと震えてお母様の裾を握っていました。まあ普通はそんなこと起きませんもんね。私は初日のタイタンさんとの勝負のせいでそんなこともあるんだなぁ、という認識しかしていませんでした。

すでにタイタンさんに変な影響を受けてる……と自分で凹んでいると、険しい顔をしたお父様が顎に手を添えながら呟く。

「タイタンとやらを捕縛すべきか？　いや、王権をあからさまに学園に介入させるのは不味い……両者の同意があるから『決闘』としても成立している」

「あの、お父様？」

「暗殺者を雇って……いや外交がきな臭くなっている今、隙を作るのはダメじゃな」

「暗殺者って聞こえたんですが!?」

「大丈夫じゃぞシアン、二度と歯向かうことのないようにギリギリのところまでワシが痛めつけておくからの！」

「やめてください！」

もういいんです初日の事は！　そりゃ怖かったですけど……それ以上に自分の当たり前

に疑問を持つようになったきっかけが彼だったのですから。

だから爪剝ぎとか物騒な単語出さないでください！　クロノもうんうんと頷いていないで助けなさい！

この後なんとか荒ぶるお父様を収め、サラとお母様に「でも楽しい事もいっぱいありましたから！」とフォローをして何とか平常に戻りました。クロノに冷めた紅茶のお代わりを全員分頼み、食堂の椅子に座って一息つきます。

「はぁ……まあ、彼のお陰で自分がどれだけ恵まれていたかを自覚した結果、今まで出来なかったことに挑戦する日々を送っています」

「そうか、シアンがそう言うなら……半殺しで済ませておこう」

「お・と・う・さ・ま？」

「うっ、不問とする……っ！」

「ねえねえお姉さま、具体的にどんなことに挑戦されたのですか？」

「そうですね……着替えや洗濯、明日の授業の準備。昨日は自室の掃除をしてみました」

「お姉さますごーい！」

「ふふん、そうでしょう！　私にかかれば楽勝です」

「見栄。全て失敗していた、シアン王女様は」

「クロノぉ～……」

クロノの口をみょんみょん引っ張りながら私は彼女に怒ります。サラに対して格好つけたっていいじゃないですか別にぃ！　お母様も目を丸くして驚いています、そういえばお母様もお着替えはお付きのメイドに全て任せておられましたね。

私がクロノにお仕置きをしていると、先ほどまでいじけておられたお父様が紅茶を一口すすり、私に話しかけてきました。

「まあ、女中の真似事も良かろう。そこから見えてくるものもある……じゃがのシアン」

「はい？」

「あまり、仕事を取ってやるな。使用人の仕事はお主の身の回りの世話なのじゃ、ほどほどにの」

そのお父様の言葉を聞いて私がクロノの顔を見ると、私に頬を引っ張られながらもクロノは深く頷きました。

「肯定。それで高い給料を貰っている、私は」

「そうだったんですね……」

「金というのは労働の対価に支払われるものじゃシアンよ。これもまた、学びじゃな」

「……はい、お父様」

お金というのは、みんなそうやって稼いでいるのですね……今日のタイタンさんのコートを洗濯した時に感じた苦労を思い出し、お金を稼ぐという行為の大変さを知ります。

クロノの頬から手を離し、まだ少し洗剤の匂いがする自身の手のひらを見ながらそんなことを考えている私の姿にお父様は満足そうに微笑みました。

「どうやら学園は、シアンに良い変化も与えておるようじゃの」

「そうみたいですね……さて、と」

お母様は椅子から立ち上がって私の方に近づくと、ぎゅーっと後ろから私を抱きしめながら嬉しそうに笑います。

「久しぶりに一緒にお風呂に入りましょうか」

「お母様、私はもう子供では……」

「わーい、お母さまとお姉さまと一緒！」

「ええ、サラもいらっしゃい。折角ですし、シアンにお着替えを手伝ってもらったらどう？」

「入りましょう、今すぐに」

サラと一緒に入れるなら多少の恥ずかしさなど我慢します。私は普段から学園の寮で過ごしていますので、サラとお風呂に入れる機会などそうないでしょうし！

「家族団らんというわけじゃな、ではワシも！」

「貴方（あなた）？」

「お父様？」

「お父さまの不埒（ふらち）！」

「ぬぐおおおおおおおおおお！」

食堂に泡を吹いて気絶している変態を置いて私たちは浴場へと足を運びます。何がワシも～ですかまったく……。

王女たちが浴場へと足を運んだあと、クロノが着替えを手伝いに食堂を後にしようとする時にアンデルセン王に呼び止められる。

「クロノ、そちに頼みたいことがある」

「……はっ、何なりと」

先ほどとは打って変わって真剣な表情をするアンデルセン王の姿は、まさに王としての風格を醸し出していた。ガラッと雰囲気が変わったことを察して、クロノは畏（かしこ）まった口調で王の発言に応える。

王は懐から一通の手紙を出し、それをクロノが仕舞ったのを確認してから話し始めた。

「最近、帝国の動きがどうもきな臭い。隣国であるこの国に帝国の間者が紛れ込んでいるという噂も聞いた……もし真実ならば危険なのはシアンじゃ。そこでその手紙をモーレット教諭に渡せ」

「……フルル先生、でしょうか？」

「あぁ、詳しくは話さぬがこちらの強い味方じゃ。帝国の間者が紛れ込むのなら場所は間違いなく学園……そちはモーレットの協力のもと『タイタン・オニキス』の背後を洗え。手段は問わぬ、だが殺すな」

「……分かりました」

「良いか、失敗は許さぬ。そちの働きに期待する」

「はっ」

クロノが了承するのを見て、アンデルセン王は無意識に寄っていた眉（まゆ）を戻して指でシワを伸ばすように軽く眉間（みけん）を揉（も）む。そして、それと……と真剣な表情のままクロノの方を向いて言葉を続けた。

「そちからワシもエリーゼたちと一緒に入浴出来ぬか説得してくれぬか？」

「……無理。エリーゼ王妃様からも嫌われると思う、私は」

「そうか……って、今『も』と言ったかの!?　ワシもう娘に嫌われておるのか!?」

「手伝いに行ってくる、私は」

「ぬおおおおおおお！　シアン〜！　サラ〜！」

こうして、夜は更けていく。事態はゆっくりと、しかし確実に動いているのであった。

お父様の悲鳴が遠くから聞こえたのですが……まあ、あの情けない悲鳴は大体自業自得なことが多いので無視します。

脱衣所でお母様とサラの服を脱がそうとしている私は現在、学生服とは違う構造のドレスの脱がし方が分からず四苦八苦しておりました。

「あれ？　あれ〜？」

「あらあら。シアン〜、いつ脱がせてくれるのかしら〜？」

「お姉さま、本当にお着替え出来たのです？」

「も、もちろんですよ！　現に私、一人で脱げてるじゃないですか！」

くっ、ドレスってなんでこんなに紐多いんですか。背中紐だらけじゃないですか、どれ引っ張ったらどう緩むのか全然分からないです！

そんな感じで困っていると、クロノが駆けつけてくれました。クロノぉ……。

「知識。ドレスの着付け方の、必要なのは」

「学生服のボタンみたいなのとか、ないんですよ！」

「当然。平民も着るものだから、学生服は」

　一人でも着られるように簡単な構造になっている、と言いながらてきぱきとお母様とサラのドレスを脱がしていくクロノを下着姿で見ている私。服って全部同じじゃなかったんですね……あ、その背中の紐の先端って内側に入れてたのですか。

　クロノのお陰もあり無事脱ぐことが出来た私たちは、使用人たちに身体を洗ってもらったあと揃って大浴場でのんびりお湯に浸かる。

「ん～、やっぱり夜に大浴場に入るのは最高ね～」

「はい、お母さま！」

「また朝に入りましょうか」

　足を伸ばしてゆっくりと肩まで浸かります。寮にも大きな浴場はあるのですが、朝しか沸かないのと他の人も使っているので何となく入りづらいと言いますか……私は部屋に備え付けてある浴槽を使っていました。

　部屋のお風呂も大きいのですが、やはり個人用ですのでここまで足は伸ばせません。ふう～……。

「それでシアン、好みの男の子はいた？」

「なっ！　ななな何を言ってるんですかお母様!?」

「サラも聞きたいですお姉さま！」

「もうサラまで……いーまーせーんー、まだ一ヶ月ですよ？　気が早すぎです」

「じゃあ仲の良い男の子とかいるの？　あの人、娘可愛さに許嫁もお見合いもさせなかったから……お母さん、シアンが殿方とお話出来るか心配だわ」

「流石にパーティーで男性とお話しする機会はありましたので、自然な会話ぐらいはちゃんと出来ています！」

「それなら良いのだけど……ねぇシアン～、気になる子いないの～？」

「ひゃんっ！　胸を突かないでくださいお母様っ」

ツンツン突いてくるお母様から少しだけ距離を取ります。気になる男性って……いませんよ、というかいたら私チョロすぎません？

サラも気になるのか頬を赤く染めながら目をキラキラさせていました、そんな目をされましても……。

「あっ、じゃあ印象に残っている二人を」

「聞きたいですっ」

「では……まずは『ハルト・ウルリッヒ』さんですね」

そう言って私はちゃぷんっと両手でお湯を掬いあげながら、彼と話している時のことを思い出しつつお母様とサラに彼のことを話し始めるのでした。

あれは、入学して次の日のことでした。教室に入ると、ハルトさんがすぐに駆けよってきたのを見て同じクラスメイトだったことを思い出します。

「おはようございます、シアン王女殿下」

「シアン、で結構ですよ。昨日はありがとうございました、改めて感謝いたします」

「ではシアン様、と。昨日も言ったように一市民として当然のことをしたまでですよ」

さわやかな笑顔を浮かべながらそう言ってくる彼は、何かを思いついたかのようにあっと呟くと、既に教室にいらっしゃっていた何人かの生徒を呼び寄せました。

「ほらアイグナー君、王女殿下と一度でいいからお話ししてみたいって言ってただろ？折角だし挨拶しときなよ」

「い、いきなりはハードル高すぎないっすかハルトさん!?」

「アイグナーさん……確かペレット商会の人でしたね」

「王女殿下が俺の名前を覚えていらっしゃる……うおおおお！」

お名前とお顔を覚えるのが社交界におけるマナーでしたので、昨日の自己紹介で覚えていたとアイグナーさんへ私が話しますと、いきなり彼が号泣し始めました!?

「いやぁ、どうやらアイグナー君はシアン様の大ファンらしく……入学式の前も思わず感極まって泣いてたらしいです」

「ちょっ、言わないでほしいっすよハルトさん！　恥ずかしいっす！」

「なんだっけ？『神様ありがとおおおおお』？」

「やめるっすよハルトさん！」

アイグナーさんに髪をわしゃわしゃされながら、すまんすまんと笑っているハルトさんの姿を見てると、友人関係の近しい距離感というものを感じて羨ましく思います。

そんな中ハルトさんは集まってきた他の人にも絡みつつ私に対して、

「僕に王女様のお話を聞いてみたいと愚痴ってた人たちを集めてみました。シアン様も僕たちのような平民とも話したそうな感じだったので、そのきっかけになればと」

と言ってくださいました。この一週間でクラスメイトと挨拶が出来るようになったのは間違いなくハルトさんのお陰でしょう。

他にもクロノが所用で席を外している間の暇潰しとして周りの人を集めてお話し相手になってくれたり、授業中も教科書を寮に忘れた人に見せてあげていたりと全体的に好青年の印象を受けました。

そんなことがありまして。私が感謝も込めて休み時間に彼の印象を素直に伝えてみると、ハルトさんは困った顔をしながら笑いました。

「ハルトさんは、誰にでも優しいですね」

「いえいえ、僕はそんな聖人じゃないですよ。僕だって嫌いな人には優しく出来ないです」

「嫌いな人？」

「タイタン・オニキス……」

「あぁ……納得です」

次の授業のために校舎の廊下を歩きながら、私はハルトさんが挙げた名前に思わず納得してしまいます。この一週間を思い返してみると、ハルトさんは平等に周りの人と話しているると思いきやタイタンさんとだけは一度も話しているところを見たことがありませんでした。

まあ、入学初日の周りを睥睨(へいげい)して嘲笑(ちょうしょう)するタイタンさんの姿は、まさしく『悪』を体現しているかのような印象を強くみんなに植え付けたのでしょう、彼が仲良く誰かと話している姿を見たことがありません。

そんなことを考えていると、優しそうな笑みを消して、怒ったような顔をしながらハルトさんは彼への不満を吐露し始めます。

「女性に手を上げるのがそもそも言語道断なんです、しかもよりにもよって王女を本気で殺しに行くなんて……許されない」

「ハルトさん……」

「シアン様も怖かったでしょう。あなたは悪くない、悪いのはあいつです」

「いやでも」

「大丈夫ですシアン様、僕が絶対にお守り致しますから。奴の悪行は、僕が成敗します」

「あ、ありがとうございます？」

な、なんというか……熱い方だなぁ、という意外な印象を私は受けました。物語の『勇者』が現実にいらっしゃったら、きっとこんな感じなのでしょうね……誰よりも優しく、他人の望みを積極的に聞き叶（かな）える。正義を貫き、悪を許さない。

そんなことを考えているうちに足が止まってしまっていたのか、数歩先にいたハルトさんが振り返って首をかしげます。

「どうしましたかシアン様？」

「あぁすみません！　ボーッとしてました」

「もうすぐ次の授業が始まりますよ、急ぎましょう」

そう言ってハルトさんと一緒に訓練場に向かいました。やる気が空回りしてしまっているのはあからさまでしたが、それだけ私のことを想ってくれているのは正直悪い気はしませんでしたので指摘するのはやめておきましょう。

「周りの状況もよく見ていらっしゃいますし、私の言うことも平民には分からない話でしょうに、分からないなりに聞いてくださいますし。よく言われる『理想の殿方』というのはきっと彼のことを指すのでしょうね」

そう言ってハルトさんの話を締めくくると、お母様とサラは目を輝かせながら私を質問攻めにしてきました。近いっ、近いですっ！

「で、好きなのその子⁉」

「だから言ったじゃないですか！　気が早いですお母様！」

「どのようないで立ちをしてらっしゃるのですかそのお義兄様は！」

「気が早すぎませんかサラも⁉」

あぁもう！　二人からの追撃を躱すように、私はもう一人の印象に残っている方を話します。

「もう一人は……やはり『タイタン・オニキス』さんですかね」

「その人はやめた方が良いとお母さんは思うわ」

「サラもそう思います」

「これ印象に残っている男性の話ですよね⁉　まったく、彼はなんというか……こう、自分自身というものを相手に押し付けてくるような方でして——」

ゆらゆらと水面に映る自身の顔を見ながら、自分が大きく変わった原因である彼のことを思い出します。そうですね、直近だと昨日の出来事でしょうか。

放課後、私とクロノが寮へ帰ろうと歩いていた時に、前からタイタンさんが歩いてきました……なぜか掃除用具を持って。

タイタンさんと掃除用具がどうしても結びつかない私は、思わず彼に話しかけてしまいました。

「タイタンさん？」

「……っち、なんだ。俺は忙しいんだ」

「嘲笑。掃除してる、貴族が」

「さっき渡り廊下を拭いてきたこのモップで貴様の顔面を擦ったら、少しは綺麗な言葉遣いが出来るか突然気になってきたぞ、俺は」

「残念。忙しい、お前は」

「大丈夫だ、貴様の顔面にモップ押し当てるぐらい数秒もあれば出来る」

「余裕。躱しきるぐらい」

バケツから伸びてるモップを取り出してクロノに向けるタイタンさん、いきなり喧嘩しないでください！　フルル先生にも言われたでしょう⁉

仲裁に入った私は、最近疑問に思ったことは何でも聞いてしまう癖がついてしまったのか、彼に先ほど気になっていたことをつい聞いてしまいます。

「それで、なぜ掃除用具を持っているんですか？」

「見て分からんのか、学園の掃除だ掃除」

「いやそうではなく……なぜ掃除をしているのか、なのですが」

「バイトだ、魔物が狩れんから金がないんだよ。なんだ？　日々食うのにも困ってこんなことをしている貴族を嗤いに来たのか？」

「正解。ぷぷぷ」

「違います！　クロノも変に煽らない！」

クロノを叱りますが、彼女はつーんとそっぽを向いてしまいます。まあ、入学初日にあんなことを言われたら許せない気持ちも分かりますが……悪いのはクロノの方ですよ！

拗ねているクロノの代わりに私がタイタンさんに頭を下げます。

「クロノが申し訳ございません」

「だから王女が軽々しく頭を下げるなと……はぁ、もういい。さっさとどこかへ行け、次はこの廊下を掃除しなければならんのだ」

そう言ってバケツを置く彼を見ながら、頭を下げる以外の謝罪の形はないものかと考えていた私は一つの妙案を思いつきました。

「では私も掃除いたします！」

「はぁ⁉」

「学園は広いですし一人でやるのは大変です！　私も手伝います！」

「おいクロノ、主人が暴走してるぞ。止めろ」

「無理。止まらない、一度スイッチが入ったら」

「諦めんな従者！」

「違う。友達、私は」

「さあ教えてください！　さぁ、さぁ！」

掃除……なるほど、いつも清潔な環境にいられたのは掃除をしてくれている人がいたからなのですね！　ならば私もその人の気持ちを理解することが『等しく』なるための第一歩、私も掃除を体験すべくタイタンさんに教えを乞うことにしました。

そんな私の姿を見て、彼は呆れてため息をつきながら持っていたモップを私に渡してきます。さて……これどう使うのでしょう？

「装着。水で濡らした雑巾を、ここに」

「ここ、ですか？」

「そう……雑巾持ってこい、お前」

「俺がするつもりだったからここにあるに決まってんだろ……オラァ！」

「飛沫が飛ぶ、投げ渡したら」

「っち、キャッチミスって顔面に張り付けばよかったのに」

そんな一幕がありながらも、私は廊下をモップで綺麗にしていきます。おお……疲れますねこれ、廊下の半分ほどでもうへとへとです。

それでも心なしか拭く前よりも綺麗になった廊下を見て、私はもう少し頑張ろうと気合を入れなおし残りの半分も掃除していきます。

「おい。残ってる、窓際のホコリ」

「貴様は嫌みな姑か。雑巾あれ一つしかなかったから大急ぎで窓拭き用のを持ってきたところだ阿呆」

「阿呆。廊下を拭いた雑巾で窓枠を拭こうとしてる時点で、お前が」

「一回洗うから良いだろ」

「良くない」

横でそんな言い争いをしている二人を見ながら、私は廊下をモップ掛けしました。なんだかんだ言って仲良さそうに見えますよね、タイタンさんとクロノ。

汚れた雑巾をバケツの中に入れて、そのまま井戸がある校舎の中庭に。そこで雑巾を洗いながら、仕事を達成した充実感に私は浸ります。

「掃除って……大変ですね！」

「合格。よく出来ていた、王女様は」

「いや不合格だろ……雑巾がまともに絞れてなくて廊下びちゃびちゃだったぞ」

「責任。お前の」

「……まあ、俺が許可したからなにも言い返せん。あとで拭き直しておく」

いや、その……床を拭いたあとの雑巾って汚いじゃないですか。なんとか床に触れてない面の雑巾は触れられたんですけど、反対側がどうしても無理でして。こう雑巾を両手で摘まんで、バケツでばちゃばちゃ揺らしてから絞らずモップに付けていました。

しかし、ここ一ヶ月近くタイタンさんを見ていて分かったのですが……彼って絶対に人のせいにしないんですよね。他人に悪態はつくし、私をいつまで経っても貴様呼びから変えない不敬な人ですけど。

　だから私も、彼と行動を共にすることに嫌悪感がないのでしょうね。私との勝負の後に何かあったのか、私の質問に対してもぶっきらぼうながらちゃんと答えてくれますし。

　汚れた水を中庭に撒いて、新しく井戸から水を汲んでいるタイタンさんに私はちょっと意地悪な提案をしてみました。

「学園にいる間は私も一人の生徒なんですし、少しぐらい私を責めたっていいんですよ？」

「責任を他人に押し付けることで現状が変わるのならそうするが、このことに関しては他人に任せようとした俺の責任だ」

「でも、私が手伝うと言ったばかりに余計な手間を……」

「そうだ、貴様は余計な手間を増やした。だから次からは俺一人でやる」

「むっ……そんな言い方しなくたっていいじゃないですか」

「自身の負担を減らすために能力のない者に仕事を振ったら、却って自身の負担が増えてしまったというのは世の常だ」

　俺もサラリーマンの時に無能な上司のせいでどれだけタスクを負わされたか……と何かを思い出すかのようにタイタンさんは哀愁を漂わせながらバケツに水を入れていました。

　さらりぃまん？　たすく？

頭の中の何かをかき消すようにブンブンと頭を振った彼は、とにかくと言葉を続けます。

「責めたそいつは次やった時に出来るようになるのか？　答えは否だ。能力が足りていない事実は責めたところで覆らない、どれだけ学んで気を付けても必ずどこかで失敗する」

「…………」

「自分で出来ることは自分でやらねばならない。その上でどうしようもなくなったのなら、それは俺の能力がそもそも足りなかっただけだ」

そう言って私が持っている雑巾を奪い取って、じゃぶじゃぶとバケツの中で洗い始めました。

タイタンさんはいつも私が思っていることに真っ向から反発してきます。そして私が納得いかなくて「でも」や「いや」と言うと、こうして分かりやすいようにかみ砕いて説明してくるのです。

そして私はいつも、彼の言うことに納得してしまうのでした。ただただ悔しいという感情だけを残して。

「私の言うことに反対したり、勝つことに固執して授業でも構わずに全力を出したりする方ですが……今まで私の周りにはいなかったタイプなので、彼から学ぶことは本当に多いです。たまに彼の言うことが全て正しいのではないか？　と思うこともありますね」

ムカつきますけど、と私が浴場の天井を見上げながらそうタイタンさんの評価を締めくくりました。なんか思い返したらムカムカしてきましたね、私だって掃除ぐらい出来ます！……いつかは！

「あらぁ？　あらあら～？」

「なっ、なんですかお母様？」

「お姉さま、楽しそうに話されてます」

「えぇ!?　嘘です、ありえません！」

「気づいてないかもしれないけど、ハルトさん？　のことを話している時よりも楽しく、長い間喋(しゃべ)っているわよ」

「それ、は……タイタンさん関連の出来事が多すぎましたから仕方ないじゃないですか！」

「サラ、のぼせてきてしまいました」

「あらあら、では上がりましょうか」

「待ってください！　せめてタイタンさんのことが気になってるみたいな終わり方を否定させてください！」

ニヤニヤしながらお母様がサラの手を引いて浴室から出て行こうとします。私は急いで誤解を解こうと二人の後を追うのでした。

何とかお母様から「誤解、誤解なのよね～ふふ……」と何とも釈然としない誤解の解かれ方をされながらも、身体を拭いて用意されていた寝間着を着ます。

お母様は少しのぼせてしまったサラの頭を膝に乗せて、やさしく撫でながら私に対して微笑みました。

「シアン。さっき貴女は『彼の言うことが全て正しいのではないか』と言ったわね」

「はい、お母様」

「それは半分当たりで、半分外れよ」

「……と、言いますと？」

「誰もが自分の『正しい』ことを信じて行動しているの。でも、正しいっていうのは人によって違う。タイタンさん？　も自分の中にある正しいに従って動いているとお母さんは思うわ」

たとえそれが他の人からすれば間違ったことだとしてもね、とお母様は言いました。

誰もが自分の正しいに従って動いている……目から鱗でした。私が間違っているのではなく、単純に私と他の人で『正しいものが違う』だけ。お母様の言葉で、私は胸につかえていたモヤモヤがきれいさっぱり消えてしまいました、これが腑に落ちるというものなのですね。

だからねシアン、とお母様は私に優しく微笑みかけながらサラが寝ている反対側に座るようにポンポンとソファーを軽く叩きます。

私が座ると、お母様は空いているもう片方の手で私を抱き寄せました。

「貴女の『正しい』を彼に主張してあげなさい、貴女の思う『正しい』ことを常に探しなさい。もちろん対立や喧嘩もあるわ、必要なのは、相手を納得させるだけの説明と実績」

「……はい」

「上に立つ者に求められるのは自分の正しいを民衆に理解させること。そういった点では、タイタンさんが正しいとお母さんは思うわ」

「…………」

私はふと、タイタンさんの言葉を思い出します。初日に彼から投げかけられた辛辣な言葉、確か。

「『貴様は王族に生まれた時点で、王族としてしか生きられない』」

「あら、それは彼の言葉？」

「はい。あの時は私の言葉に反対されたことで怒りしか湧きませんでしたが……お母様のお陰で今なら、その言葉の意味が分かる気がします」

彼の言葉はどれも私の言葉にただ噛みついているわけではなくて、『自分の立場を理解しろ』というただ一点のみを私に言っているだけでした。上に立つ者は自身の言葉に絶大な責任を持たなければならない、もし『等しくありたい』と言うのであればその責任は自分が負わなければならない、と。タイタンさんはずっと、そのことを私に説明していたのですね。

「じゃあシアンがよく言っていた『等しくあろう』というのは、間違ってたのかしら？」

「……いえ、私は民衆と『等しく』あることが将来、王として国民を導いていくために必要だと思います。その自分の思う正しさは曲げられません」

それでも、私はやっぱり人々と等しくありたい。考え方も環境も、何もかもが違う彼らを知りたいのです。

そんな私の決意を察したのか、お母様は私を抱き寄せた手で頭を撫でます。

「良いのよそれで。自分の正しいを貫くことが王としての役目、貴女の信じた道を歩きなさいシアン」

「はいっ」

望めば何でも手に入り、やりたいことは何でもさせてもらえた私が出会った、自分が思った通りに動かない人。全能感なんてものはどこかへと消え去り、自分には出来ないことが沢山あることをこの一ヶ月で嫌というほど彼から教わりました。

それでも、私は私が思う道を進みたいのです。明日タイタンさんと行動を共にしてみましょうか、頑固な彼に私の意見を通すのには骨が折れそうですが時間をかければいつかきっと……出来るでしょうか？　なんか自信なくなってきましたね。

いいえ、きっと出来ます！　早速、彼の朝の修練に付き合ってみましょう。そんなことを密かに思いながら、家族に惜しまれつつ夜に馬車を走らせて、学園の寮へと戻っていくのでした。


そして次の朝。ね、眠いです……でもタイタンさんはこの時間にはすでに起きていましたし、私も……負けてられ、ま……せん……むにゃむにゃ。

「起床。目を覚ます、王女様」

「ん～……」

「予定。返却する、コートを」

「ん～……」

のそのそとベッドから起き上がり、すっかり無意識にでも出来るようになった着替えを自分で行います。その間にクロノが洗面用のお湯を沸かし、私の髪の毛を櫛で梳くこともしてるのをボーッと見ながら改めてクロノに頼りっきりであることを感じます。

そういえばこの前、自分でお湯を沸かそうとクロノに提案したら真面目なトーンで駄目と言われましたっけ……って、違う違う。そんなことよりも早くタイタンさんのもとに行かなければ、彼とまともに話せるタイミングは放課後のアルバイトとこの朝の修練の時しかないのです。

ぱたぱたと足早に寮を出て、クロノと共にこの前タイタンさんを見かけた場所に行きます。

男子寮の近くまで来ると、遠くから空気を切るような鋭い音が聞こえてきます。今日もしておられるのですね……私たちがその音が鳴るところへ向かうと、そこにはやはりタイタンさんが木刀を振っていました。

「また来たのか」

「えぇ」

「コートの返却か」

「それもありますが……一緒に修練でも、と思いまして」

「意味がないからやめておけ。対人戦の経験を積むにもスキルを覚えるにも、貴様らは授業だけで十分だ」

なんというか……タイタンさんって自分の意見はしっかり言うくせに、こんな風に誰からも距離を取るんですよね。そもそも誰も距離を詰めようとしないからみんな分からないと思いますけど、彼と話していると何となく野良猫と接している気分になります……言ったら怒られると思いますので言いませんけど。

「私がやりたいのです。お願いします」

「貴様の言う『お願い』は王命に等しいと、一ヶ月前に言ったはずだが」

「ならばこの際、王命と捉（とら）えられても構いません。構いませんね？」

自分の『正しい』を彼に伝えるために、私は王族としての権力を使います。ズルいかもしれません、権力に頼らなければいけない私が少しだけ情けなく思います。

しかし、私はそれでもずっと自身の『正しい』を伝え続けた彼に示したいのです。私は私の目的（夢）のために、自身が持っている全てを使います。

そんな私を見て、振っていた木刀をピタッと止めたタイタンさん。呆（あき）れられたでしょうか、それとも『等しく』と言っていた私が王命を使ったことをあざ笑うのでしょうか。

彼の言葉を待つこと数分。永遠かと思えるほどに長く感じたその数分を過ぎた時、タイタンさんはやっと口を開いてくれました。

「了解いたしました。このタイタン・オニキス、王命に拝し僅（わず）かばかりではありますが、殿下のお力添えをいたしますことをここに誓いましょう」

「っ！」

……びっくりしました、あのタイタンさんが嫌味じゃないちゃんとした敬語を私に向かって使っています。クロノなんかタイタンさんの態度に無表情ながら驚きのあまり固まっています。って、あぁ！　コート落としてますよクロノ！　驚きすぎじゃないですか⁉

そういう私も思わずタイタンさんから数歩引いて、まだ自分が寝ていて夢の中にいるのではないかとしきりに目を擦っていました。

「いきなり、態度が変わりすぎじゃありませんか⁉」

「王族として、発言の責任を負うとおっしゃったのです。であれば貴族として、王命に全力で応えるのが私の責任でございます」

「うぅ、やめてください！　今さらタイタンさんに敬語使われても、鳥肌が立つだけです！」

「……酷い言われようだな。まあ、今さらというのも分かるが。自身の発言に責任を持たない奴がどれだけ他者を変えようと言葉を紡いでも意味はない。一ヶ月前の貴様はまさにそうだった」

「はい……今なら分かります」

「覚悟も成果もなく、目的を達成することは絶対にない。それが俺の曲げられない意思だ」

「そう、だったのですね」

「だが今の貴様は己の意見を押し通すために王命を使う覚悟を持った、『責任を持つ』と一ヶ月前の自身とは違うことを成果として俺に示した」

「タイタン、さん……」

「貴様が道理を通した以上、それを無視することは俺自身が俺の意思を否定することになる。ならばこそ俺は敬意を持って、貴様と『等しく』接することで道理を通すとしよう……おはよう、シアン姫」

「っ――」

そう言って微笑んだ彼の顔を見て、私は思わず言葉を失いました。考えていたことが全て吹き飛んでしまうぐらいの衝撃が走り、一瞬で頭が真っ白になってしまいます。

い、いいいいいきなり微笑むなんて、しかも名前まで呼んでくるとか……ズルいです、反則です！　許せないです！

――あんなにも負けることが嫌いな私が、初めて心から負けたと思っちゃったじゃないですか！　やめてくださいよ、そんなっ、いきなり態度を変えるだなんて。いつもの仏頂面はどうしたんですか！　私を見るたびに嫌そうな顔していたタイタンさんはどこ行っち

やったんですか⁉

私の顔、赤くなってないですよね？　あぁもう……お母様とサラが昨日あんなこと言ってたから余計に意識しちゃうじゃないですか！

「ちょ、ちょっと向こうを向いていてください！」

「はいはい、分かったよ」

「なんで素直に従うんですか⁉」

「向いてほしいのか向いてほしくないのかどっちだよ……」

「『向いてなさい』！」

「《王令》をこんなことで使うな！」

ちょっ、本当に無理です。彼の顔をまともに見られません、さっきから心臓が痛くて胸が苦しいです。あ、あのタイタンさんが笑ったんですよ⁉　早朝の眠気がさっきので全て吹っ飛びました。

「要請。笑うな」

「そんなもん命じられて分かりましたって言うわけないだろ」

「苦しそうにしておられる、王女様が。お前のせいで」

「そんな体調崩すぐらい邪悪な笑みしてたのか俺……」

「危険、ある意味」

クロノが彼と何かを話していますが心臓の音がうるさくて聞こえません。あ、クロノが地面に落ちていたタイタンさんのコートを顔面に投げつけてます。顔が隠れたのを見て少しだけざわついた気持ちが落ち着きました。

私はチョロくない私はチョロくない私はチョロくない……よし。そもそも私が嘘をついていたり王命すら軽く考えていたりする可能性だってあるのですし、むしろタイタンさんの方がチョロいまでありますよ、ええ。

私はもごもごとコートを顔からひっぺがそうとしているタイタンさんに、あっちを向いてもらいながらそんな質問をしてみます。

「私がタイタンさんを貶めるためにやっただけかもしれませんよ？」

「ぷはっ……王命を軽々しく使うという事は、クライハート王国そのものを軽視していることと同義だ。それをしてまで俺を貶めようと画策させるまでに至ったのならば、俺は国を相手取った男として自身を誇ろう」

「うっ……」

「そもそも自身の目的のために『お願い』していたり、わざわざ平民がしていることを自らの手でやろうとしたりするような貴様が、そんなことするわけないだろ。あまり俺を見くびるな」

真っすぐなタイタンさんの言葉がグサグサ自分の心に刺さってきゅんきゅんします。待って、待ってください！　前から歯に衣着せぬ方だとは思ってましたが、褒める時も同じなので破壊力がすごいです！

うにゅうにゅ私が蹲って(うずくま)もだえている中、クロノとタイタンさんがため息をつきながら会話をしていました。

「天然。お前は」

「誰が天然だ、あれぐらい王家が開かれるパーティーで何回も言われて慣れてるだろ」

「耐性がない。下げてから褒めて上げるタイプの男に、王女様は」

「なんだそのクズ男」

「お前」

クロノにそんな風に責められているタイタンさんは、納得いかずもこれ以上反論するのも無駄だと思ったのか不貞腐れながらも木刀をまた振り始めました。

あぁもう、あぁもうっ！　本当に猫のような方ですね！　ずっとそっぽを向いていたと思ったらこれですよ……まったく。

こんな、単純なことだったんですね。いえ、単純と一言で言っても決して簡単ではありませんでした。意見を通すためには覚悟が要る、軋轢や反対が起こることを知ってその感情を一身に受け、それでも自身の意見を曲げない意思の強さが必要だったのです。

　私の今までの環境は、それを知ることは出来ませんでした。自分の意見は全て快く聞かれ、望んだ通りに周りが動く。それを当たり前のように思っていた私の言葉なんかに、責任も覚悟もあるわけがなかったのです。


　そのあと、タイタンさんの日課に付き合いながら、私は色々なお話を聞きました。彼が勝利や成果というものにこだわるようになった理由や初めて魔物と戦った時のこと、オークという強大な敵との死闘の中で培った『己の全てを賭ける』ことの大切さ……自身の思う『正しさ』の由来を、彼は話してくれました。

「これから死ぬという時に感じたのは、努力をしても届かない現実への怒りだった。手に出来たマメが潰れても剣を振り続けた俺の努力を否定され、そのまま現実にすり潰されて死んでいくことが我慢ならなかった」

「なんというか、タイタンさんらしいですね」

「頑固。お前は」

「うるせぇ、努力だけじゃ足りなかったんだよ。だから勝つために運、命、意思……俺がベット出来るもの全てを賭けた」

「全てを、賭ける」

「死んだら全てを失うんだ。死んだ時に『仕方がなかった』と自分を諦めさせるための保険を、生きているうちに作っていたら勝てない」

「……だから、『死ぬほど』なんですね」

一〇〇〇回目の素振りをすると同時にそう言ったタイタンさんの言葉を聞いて、彼への疑問が氷解する。彼にとっての『死ぬほど』の持つ意味はそうだったんですね……あの時の私が軽々しく使っていた言葉とは重みが違います。

持ってきていたタオルで汗を拭きながら、私に対してアドバイスをします。

「これはスキルを持たない者が、想像した通りに身体を動かすための練習だ。本来なら貴様らには必要ないものだが……まあ、習得したいスキルの型を練習していたら他の人よりも早く発現しやすくなる、はずだ」

「はぁ、はぁ……ありがとうございます」

「一緒に修練をしても何の成果も得られなかったと思われたくないだけだ、礼は要らん」

さも当然だという風に汗を流しに寮へと帰っていくタイタンさんの後ろ姿を見ながら、タオルと氷を持ってきたクロノに私は話しかけます。

「クロノは……彼のことをどう思いました？」

「男として？」

「違います！　その、一人の人間として」

「……変」

貴族らしいのに、貴族らしくない。そんな評価がクロノの口から飛び出してくるのでした。あはは……同感です。

自分の価値観を絶対だと信じつつも、周りよりも自分が優れているとは決して思っていない不思議な方。いえ……自分の価値観を絶対だと信じているからこそ、その尺度で自分を客観視して自分が優れていないと評価しているのでしょうか？

普通の貴族であるならば、自分を一番に置いて作られる世界が自身の価値観になるものです。実際に少し前までの私の考え方はそうでしたし。

「自分の『正しい』から見る現実、というものなのでしょうね」

「幻想。自分の『正しい』に酔うことが、彼にとって」

「彼を見ていると、一ヶ月前の私を恥じるばかりです」

今日は朝からまた新しい発見をすることが出来ました。しかし、まだ私の『正しい』を少ししか伝えられていませんね……続きは放課後です。

寮に戻った私たちは浴室で汗を流した後、手早く学生服に着替えて校舎に入ります。教室に入ってクラスメイトのみなさんと挨拶をしながらも、どう言葉を紡げば自分の意思を伝えることが出来るかと頭を悩ませるのでした。

むむ……難しいですね、タイタンさんって何故あんなに人に理解させるのが上手いんでしょうか？

――キーンコーンカーンコーン……。

……結局、良い言い回しを何も思いつかずに放課後まで来てしまいました。えぇい、こうなれば当たって砕けるのみです！　いえ、砕けたら駄目なので当たってぶち破ります。

クロノは何か用事があるとかでフルル先生のもとに行きました、どうしてこういう時に限って一人にするんですか！　心細いじゃないですか、やりますけども！

「タイタンさ――」

「シアン王女様！」

私は気合を入れて、教室から出て行こうとするタイタンさんを呼び留めようと声をかけるその最中。背後から私を呼ぶ声がしました。

無視……はいけませんよね流石に。タイタンさんへの用事は明日にでも出来ると自身を納得させ、仕方なく声をした方に振り返ると数人の同級生の方々が硬い笑みを浮かべて立っておりました。

……この一月、様々な人の顔を見て接してきたお陰なのか、私はある程度ですが他者の持っている感情を推し量ることが出来ていました。今までの私なら絶対に気が付かなかった小さな機微、彼らの笑みの下に隠された感情は不安と焦燥……といったあたりでしょうか。

何かを私から隠したがっている？　そんな疑問を浮かべていると、私の名前を呼んだアイグナーさんが一歩前に出て私に話しかけてきます。

「こ、こんにちは！」

「はいこんにちは、緊張しなくていいんですよ？」

「い、いえっ！」

声が裏返りながらガチガチに緊張してしまっているアイグナーさん、私の大ファンという話だったので一月経った今でも話しかけることに緊張してしまっている……というわけではありませんね、後ろの二人の方達もどこか肩ひじ張っている様子がうかがえます。

何か嫌な予感を覚えつつ、私は彼らに正面から向き合いました。

「それで、何か御用でしょうか？」

「そ……そのっ、近場で美味しいパン屋さんを見つけたんすよ！　だから、シアン王女様を誘ってみようかなぁと……すみません！」

「別に謝ることでもないですよ。でも申し訳ございません、やりたいことがありまして……また今度誘ってください」

「今日じゃないとダメなんす！　えっと、その……今日だけ限定のパンが売られていましてっ」

……嘘ですね。私は彼の表情から嘘をついていることを確信し、不審に思いました。アイグナーさんはいつも私と話をしている時、緊張はしていても目は逸らしません。しかし先ほどの彼の目は宙を泳ぎ、今日じゃないとダメな『理由』を探しながら話しているようにしか見えなかったのです。

やはり何かを隠している？　どんどんと嫌な予感が募っていきます、サプライズにしては私に関係するイベントは何もありません。

私を相手に嘘をつくというのは『ありえない』、と今までの私なら嘘をつかれている可能性すら最初から除外していたでしょうね。自身の成長を皮肉にも感じながら、私はアイグナーさんたちの用事を断ろうとします。

「それは魅力的ではありますが……やはり今度お誘いください」

「で、でも今日だけしかっ」

「お店の名前を言ってくだされば私の方から頼みますので、今は——」

「ああもうっ、アイグナー交代！」

どうにか私を引き留めようとしてくるアイグナーさんを、後ろにいた女子生徒が彼の肩を摑んで止めます。彼女の名前は確か……私が思い出すよりも早く、彼女がアイグナーさんと入れ替わりで前に出て話を始めました。

「王女様、私たちは王女様を救いたいんです！」

「救う……とは？」

「噂で聞きました、タイタンに脅されていいように掃除や教材運びといった雑用を押し付けられていると！」

……なんですかそれ、タイタンさんが私を？　むしろ「バイト代が減る！」と雑用をさせてもらえないのを、クロノが仲介して私がさせてもらっているというのが実状なのですが。

誰が流した噂でしょうか？　いえ、今はまず誤解を解かないと。

「そんなことはありませんよ。私は好きでやっていますから」

「っ……！　分かってます、分かってますから王女様。脅されて言えないんですね」

違いますが？　私が必死に説明しても、誰も分かっていない「分かってる」を繰り返すばかり。どうして……。

——呆れてものも言えん。自身の意見には賛同以外の発言が出ないとでも思ってるのか？

不意にタイタンさんの言葉を思い出します。一ヶ月前、入学初日にタイタンさんと喧嘩をしたきっかけとなった言葉……当時の私は自身の醜さを突きつけられたような感覚があって、彼を否定することでその醜さから目を逸らすことに躍起になっていました。

——貴様の見てきた世界は全て周りの人間が必死に見せてきた幻想で、貴様がこの学園で掲げた目標は周りの人間によって見せられた幻想の中でしか達成されない。

しかし、こうして自身の醜さに向き合ってみると彼の言う通りだと思ってしまいます。周りの人々は、あまりにも私を『正しくしようとする』。

「あぁ、やっと分かりました」

「っ！　分かってくれたのですね！」

「ええ……私がどれだけ甘い幻想の中にいたのかを」

「……？」

私の言葉に不思議そうに首をかしげる同級生の方々。なるほど、彼らは私が正しいことを信じて疑わないのですね……私も一人の人間で、間違うことだってある可能性が最初から頭から抜け落ちています。

――等しく？　平等に？　はっ、貴様が言ったことは不可能だ。周りが、環境が、貴様を一人の人間として扱うわけがないだろうが。

私が、王族としての『シアン・クライハート』が『正しい』ことを前提として周りや環境が動いている。これが彼の言っていた『王族は王族としてしか生きられない』という言葉の真実。誰も咎めない、むしろ咎めた方が悪と罰せられる世界に生きてきた私……これが自身の正しさが絶対と思ってきていた私の醜さ。今目の前にいる同級生たちの姿が、言葉が、自分の『間違い』を甘ったるく正当化しようとしてくるのが本当に嫌になります！

「申し訳ございません、謝罪致します」

「そんなっ、謝るのはタイタンですよ！」

「いえ……私が謝らなければならないのです。みなさんが私を正しいと思って誰かを責める考えをさせてしまったのは、意思だけを優先し現実を見ることが出来なかった私の責任なのですから」

「王女様……」

深々と私は頭を下げます。私のこの嫌な気持ちは、決して彼らのせいではない……私がこんな現状に満足していたのが原因です。

タイタンさんの言う通りでした。今彼らを責めても何も変わらない、この現状を変えることが出来るのは私だけなのです。だから私は彼らを責めません。

私は頭を上げて、しっかりと彼らを見ます。私の謝罪を受けた彼らは酷く狼狽（ろうばい）していました、王族に頭を下げさせたら多方面から反感を買う……でしたっけ。タイタンさんは本当に、残酷なまでに正しい。

今までの私なら分からなかった、気が付かなかったこと全てが理解出来ます。タイタンさんの言葉は、私を甘い幻想から引っ張り出してくれるのでした。

「……私にとっては、みなさんと『等しく』ありたいと思っています。それは、あなたたちだけではなくタイタンさんともです」

「…………」

「お願いします、教えてください。私に何を、隠しているのですか？」

私は彼らに『お願い』をします。私が今まで目を逸らしてきた現実と向き合うために、今彼らが何をしようとしているのかを知るために。

私と彼らの間に沈黙が流れます。彼らは互いに顔を見合わせて、言うか言わざるべきかを悩んでいるようでした。

しかし、私の『お願い』に逆らうことは出来ないと判断したのかアイグナーさんが口火を切りました。

「今日、ハルトさんの主導でタイタンを断罪するっす」

「……断罪？」

おおよそ学園生活の中では聞き慣れないであろう言葉に思わず私が聞き返すと、神妙な面持ちでアイグナーさんは頷いて話を続けます。

「その……噂を信じたハルトさんが『もう我慢ならない』って。数人つれて訓練場で手荒な手段を使ってでも反省させるって言ってたっす」

「アイグナー！」

「もう隠せないっすよ！　……今日俺らが学外に王女様を連れて行って、その間に全て済ませるっていう計画だったんすよ」

そんな……嫌な予感が的中したことに私は思わず眉を顰めます。それを怒っていると感じた彼らは慌ててアイグナーさんを糾弾し始めてしまいました。

私は今すぐ飛び出して訓練場に行きたい気持ちを抑えて、彼らを止めます。

「やめなさい！　アイグナーさんは私が望んだことをしてくれただけです、それを糾弾するのは私を糾弾することと同じだと思いなさい！」

「王女様……」

「タイタンさんも、私が望んだことをしてくれただけなのです。そのことを断罪されるというのでしたら、それは私が受けなければなりません」

それが私の責任です、とそう言うと何も言えなくなってしまったのか彼らは沈黙しました。私は教室の扉に手をかけながら彼らに言います。

「私は訓練場へと向かいます。もしタイタンさんに申し訳ないという気持ちが少しでもあるのなら……私と共に付いてきなさい」

教室から飛び出した私は急いで訓練場へと向かいます。タイタンさん……タイタンさん！

息も絶え絶えに訓練場へと飛び込んだ私が見たのは——異様な現場でした。

腹を押さえてえずいている者、必死に地面を這って訓練場から逃げようとする者、意識がないのか地面に倒れたまま動かない者……そんな死屍累々な状況の中で、ハルトさんとタイタンさんが激しい斬り合いをしているのです。

「くっ、さっさと……倒れろ！」

「誰かが敷いたレールを走って満足している貴様に、俺が倒せるものか」

「黙れっ！　みんなが繋げた好機を、逃すわけにはいかないんだ！」

「大見え切って悪だと断じた俺に、無様に負けるのが怖いだけなくせに」

「黙れ黙れ黙れ！　お前は悪なんだ、『そう最初から決まってるんだよ』！」

苛立たし気に横なぎに振るわれた大剣を、最小限の動きで躱すタイタンさん。相変わらずの技量の高さに一瞬目を奪われますが、それ以上にタイタンさんの状態に私は絶句しました。

制服のブレザーは無残に切り刻まれボロボロ、そこから見える彼の白いカッターシャツは、出血が酷いのか赤黒く染まっています。彼が動くたびに血が飛び散って一目で重傷なのが分かりました。

「た、助けないと……」

どうしましょう、私は何をすべきでしょうか!?　彼を止めに行く？　それとも先生を呼びに行く？　ああもう、こんな時にすぐに優先順位をつけられない自分に腹が立ちます！

焦燥感だけが募っていくそんな時、複数のバタバタとした足音が聞こえてきました。私が思わず振り向くと、そこにはアイグナーさんたちが息を切らして訓練場に入ってきたところが。

ありがたい、これなら……っ！　私は急いで彼らにフルル先生を呼ぶように指示を出します。

「フルル先生を呼んできなさい！　早く！」

「ぜぇ……ぜぇ……な、何が起こって――」

「っ、いいから『呼んできなさい』！」

動きが遅い彼らに、思わず《王令》を使ってしまいます。焦燥感から手荒な真似をしてしまったことを申し訳ないとは思いつつも、事は一刻を争うので私はタイタンさんを止めるために彼らのもとへと駆け寄るのでした。

「タイタンさん！」

ACT5 『大衆の正義なんてクソくらえ』

「おい、ちょっと面貸せ」

「貴様に貸すほどの面がないから断る」

放課後、教室から出るとすぐに大柄な男に道をふさがれる。初対面のはずなのにいきなり面を貸せと言ってきてイラッとしたのでつい断ってしまった。

「てめぇ……」

「邪魔だ、どけ」

「はんっ、どかしてみな！」

「では遠慮なく」

腰から剣を鞘ごと抜いて無造作に男に向かって横なぎに振る。男は慌てて後ろに尻もちをつくように後退した。よし、これで通れる。

「こ、校舎内での武器の使用は校則で禁止されている！　これでお前も停学だな！」

「貴様が『どかしてみろ』と言ったから、俺は今持ち合わせている手段から貴様をどかす最適解の方法をとった。校則で禁止されているのは『校舎内での武器を含む危険物の使用による殺傷』であるため、鞘ごと振るった俺は校則を破っていない。反論は？」

「ぐっ……」

睨みつけるように俺を見てくる大柄な男の生徒だが、尻もちをついているため全く凄みがない。アルバイトの時間が迫ってきているから手早く済ませたいんだよ……。

反論がない彼を放っておいて脇を抜けようとすると、また別の生徒が俺の前に立ちはだかる。別の道から行こうとしてもそこにも他の生徒が。囲まれたか。

「王女殿下を愚弄するゴミが……お前を徹底的に教育してやる」

「ほう、俺に教育か。ならば無知な俺にどうか聞かせてほしい、平民は喧嘩をする時は必ず多対一でなければ喧嘩してはならないという決まりでもあるのか？」

「このっ……！　私たちを貶すことは『等しくありたい』とおっしゃられた王女様を貶すことと同じなのよ！」

「その愚行、万死に値する！」

「シアン姫を引き合いに出して自分の気持ちを代弁するな。あいつの言う『等しく』は貴様らが軽々しく使っていいものではない」

はっ、と周りを囲む生徒を嘲笑する。王女殿下を愚弄する？　王女様を貶す？　どの口が言ってやがる、貴様らがシアン姫の言葉を引用するたびに彼女の品位を下げていることに気付け馬鹿ども。

「シアン姫は王女の立場から平民と同じ目線で物事を考えるために『等しく』あろうとしているのだ、決して誰もが王女の権威を振り回して好き勝手していい免罪符を与えるためではない」

「…………」

反論出来ない、が認めたくもないから退きたくない……って感じか。このまま時間をお互いに無駄に消費することに意味があるのだろうか？　俺はバイトに遅刻するし、こいつらは教室から出てきたシアン姫にリンチの現場を見られる。

俺は別に飛び込みアルバイトの日給だから一日飛んでも問題ないが、こいつらは今後の人生に大きく影響するだろう。そんなことを考えていると、また大柄な男が俺に高圧的に話しかけてくる……なるほど、こいつがこの集団のリーダー格か。

「王女様の優しさに付け込んで雑用を押し付けていると聞いたぞ」

「シアン姫がやってみたいと言ったからやらせただけだ」

「そんな嘘が通るか！」

「お前らの中のシアン姫ってどんな奴なんだよ……」

　花でも愛でて虫も殺せない性格とでも思ってるのか？　勝手な妄想で決めつけられて振り回されるあいつも大変だな、と俺はシアン姫に少しだけ同情する。

「ここで王女様に見つかると不味い、訓練場に行くぞ」

「俺は別に不味くないが？」

「早く行けよっ！」

　ドンッと強めに背中を押されて数歩前によろめいてしまう、後ろの生徒がまたも背中を押そうとしてきたのでその腕を捻り上げながら俺は思わずため息をついた。

　面倒くさいものに巻き込まれたが、ここで逃げたら明日も同じ状況になりかねん……大人しく訓練場について行くのが最善か。

「いだだだだだ！　放っ、放せよ！」

「…………」

　何かあった時のために折っておくか？　いや、校則に引っかかるな。俺はぱっと捕まえていた生徒を放し、周りの生徒に囲まれながら訓練場へと向かう。学園を停学や退学になることは別に構わないが、シナリオの舞台から降りることなんざまっぴらごめんだ。

　俺はそんな選択肢を選ばない、あくまで舞台の上で好き勝手に暴れてやる。

訓練場に着くと、人がいるのに剣戟の音がしない。その場にいる全員が、俺の方を見ている。普段は使われていない訓練場の観客席にも数人いて、完全に見世物の気分だ。

「随分と歓迎されているな」

俺がそう皮肉を言うと、苛立ったような舌打ちが後ろから聞こえる。これから何が起こるかは大体分かるが……剣を抜くべきか、否か。

《パラライズ》込みでも囲まれている奴らを退けるだけで精一杯だな、と訓練場にいる奴らを対処するまでには至らないと考えた俺はおとなしく中央まで連れて行かれる。

そこには大剣を背負って憎々し気に俺を見ている男子生徒、ハルトの姿があった。周りがみんなハルトの後ろにいるってことは……なるほど、今回の首謀者は貴様か。

そんなことを考えていると、ハルトが口を開いた。

「これよりタイタン・オニキスの断罪を行う！」

ハルトがそう声を張り上げると、周りから「おーっ！」や「やれやれー！」といった賛同の声が上がる。俺を連れてきた奴らも声を上げ、俺とハルトの二人を囲むように立った。

俺はため息をつきながら、そっと少し足幅を広げて左肩をわずかに前に出す……右の腰に差してある剣をいつでも抜けるように。そんな俺とは対照的に、両腕を仰々しく上げたハルトは周りの生徒に訴えかけるように語りだす。

「この男は、王女殿下を雑用に駆りだし、あまつさえ殺そうとまでした！　彼を許していいのか!?　いや、そんなことがあってはいけない！」

「そうだ！」

「許してはいけない！」

周りの生徒がそう言って囃し立てるのが酷く煩わしい。ここにいる誰もが好き勝手に言葉を並べ立て、周りを扇動しているハルトですらも自分の意見を周りに正当化されなければ言葉を発せられない。無意識だろうが、今の言葉に『僕』という主語がない時点で万が一の責任から逃れようとしているのは明白だ。

だから、そんな言葉に意味などない。俺は鼻で笑い彼らを見下す。

「はっ！　周囲と賛同することでしか俺に優位に立てない奴が断罪などとよく鳴くな？」

「まだ立場を理解してないようだな……おい」

「おう！《剛力》！」

突然後ろの生徒から羽交い絞めにされる、振りほどこうとするがスキルによってビクともしない。そんな中拳を握ってハルトが俺に殴りかかってきた……ので、地面を思いきり蹴り上げて足で顎を蹴りぬいておく。

「ッガ!?」

「……貴様も、いつまで触っている？」

頭を勢いよく後ろに倒し、羽交い絞めにしている奴の顔面に自身の後頭部を叩きつける。

バキッと小気味良い音と共に拘束が緩んだので、俺はその隙にするりと両腕を逃した。

首をぽきぽきと鳴らしながら俺は軽く肩を揉む。

「俺の立場など誰にも教えてもらわなくても知っている。貴様らより上だ」

「くっ……！　どこまでも悪人だな、お前……！」

「悪人で結構。大人数で囲んで糾弾して、何の権限もないのに断罪とほざくことが正しいと思っているなら俺の方がよっぽど正義だ」

「僕たちはシアン様と『等しい』存在だ、彼女がそう望んだんだ！　つまり僕たちは彼女の名のもとに悪を裁かなければならない！」

はぁ……どいつもこいつも、シアン姫の言葉を勝手に解釈して良いように使ってやがる。

ふらふらと俺から後退して距離をとるハルトのそんな言葉に、俺は思わずため息をついてしまった。

「結局は、気に入らない奴をボコボコにしたい大義名分が欲しいだけだろう？」

「違うっ！　これは正義の執行だ！」

「正義だ何だと言うには格が足りんな平民。シアン姫を御旗にして王族ごっこは楽しかったか？」

権力というのは責任を持つ者にしか与えてはならない……自身の言葉にも、行動にも、責任を持てない貴様らには過ぎた代物だ。俺は焦って早口に捲し立てているハルト達に、現実を突きつける。

「貴様らの理論だと俺もシアン姫と等しい存在だ。つまり今、貴様らはシアン姫に向かって暴言と暴力を働いたことになる」

「おっ、お前は望まれてないから別だ！」

「それを、今ここにいる誰かがシアン姫に聞いたか？」

「っ……」

はっきりとシアン姫の口から「タイタンさんは『等しく』の輪から外す」と言っていたなら、ここで言葉には詰まらないだろう。

そして俺に現実を突きつけられたハルトが選んだのは……『議論の放棄』であった。

「シアン王女様が自身を害する存在を許すはずがない！　心優しい彼女はそれを隠しているだけだ！　もうお前と話すことなどない、みんなこいつを懲らしめるぞ！」

激情したハルトの号令で、全員が武器を持つ。俺も剣を抜いて腕を引き、身体と剣の距離が短くなるように構えた。

結局こうなってしまうことは目に見えていた。暴力というのは最も簡単に自分の意見を押し通せる手段で、そんな楽な方法が近くにある人間は、すぐにその楽なものに頼る。俺は防御重視で耐えに走り、時間を稼いでシアン姫が来るのを待つことにした。

教室の廊下であんなに騒ぎ立てたんだ、王女様に恩を売りたい貴族なんてごまんといる。だから人伝にシアン姫はこのことを知るはずだ。

王女の自覚に芽生えてきたシアン姫なら間違いなく来る……『等しく』なんて綺麗ごとを本気で実現しようとしている彼女なら。だから手札は見せない、《パラライズ》という切り札は俺が出せる最大威力だ。

数人の心臓を止めて脅すってのも手だが、シアン姫が来ることを前提に立ちまわるなら心証を悪くすることは避けたい。そんなことを考えながら周りの生徒たちから飛んでくるスキルを躱し、いなし、踏みつけて止めていたりしていくが、どんどんと処理が遅くなっていく。くそ、スキルを撃つだけの能無し共だが如何せん数が多すぎて捌き切れんっ……！

「《暗転爪》！」

一人の生徒の短剣が腕を掠る、その瞬間俺の視界は暗闇に包まれた。《暗転爪》……敵に暗闇状態を付与する短剣技！　こんな掠っただけでも入るのか⁉

視界を潰された状態で囲まれている生徒全員を相手にすることなど当然出来るはずもなく、髪の毛を掴まれて地面に引きずり倒される。

「はぁ、はぁ……随分手間かけさせやがってっ、オラァ！」

「つがは……っ」

腹に鈍い衝撃。四方八方から足蹴にされているのか、身体に鈍い痛みが繰り返し走る。苦し紛れに剣を横に薙ぐが手ごたえがなく、お返しとばかりに肩に鋭い痛みが来る……刺されたかっ⁉

「あぶねぇな！」

握っていた剣が手から弾き飛ばされる感覚が伝わる。腕、足、脇腹、鋭い痛みと鈍い痛みが繰り返されて身体の節々が熱い。

「死ねっ、死ね！」

「俺達に楯突きやがって！」

「お……っぐ」

地面に転がって蹲っている俺の腹に蹴りを放たれる。不味い……意識が飛ぶ……っ、周りの声が不明瞭になって暗い視界が酷く揺れる。

「やめてほしければ謝ることだな！」

「そうだそうだ！　土下座して間違いを認めるなら許してやるよ！」

そんなハルトや生徒たちの言葉に、俺は遠のいていく意識の中でつい笑ってしまう。許される？　誰に？　こいつらに？　ははっ……「自分が間違っていたので許してください」なんて言うぐらいなら、俺は間違ったままでいい。今起きているこれが、国としての『正しい』であるのなら——俺は最後まで間違ったまま抗ってやる。

「……全て否だ……バァカ……」

俺は貴様らを許さない、俺はこの正義を認めない。だから、俺は貴様らに許されてなんかやらない。俺は精一杯に強がって嗤い、そのまま意識を落とすのだった。


気が付くと、俺は何もない荒野に仰向けで倒れていた。目が覚めると全く見知らぬ場所に、全身が痛んだ状態にいたというのを人生で二回も経験するとは……俺がそんなことを思っていると、どこからともなく誰かが声をかけてくる。

「随分と無様な格好だな、愚民」

「……俺、か？」

「はっ、俺の身体に貴様が入り込んできたのだろう？　その質問には否を返そう」

何度も聞いたことのある声、何度も見たことのある顔。俺が倒れたまま首を声のした方に向けると、そこには紛れもなく『タイタン・オニキス』が立っていた。

彼は倒れている俺をニヤリと嗤うと、近くにあった大きめの岩に座る。足を組んで横柄にこちらを見下ろしてくる姿は、まさに悪役貴族そのものであった。

「少しばかり、貴様に話がある」

「俺は、死んだのか？」

「口を閉じろ愚民、俺は貴様に話があると言ったのだ。黙って聞け」

「…………」

「言いたいことは山ほどある、が。貴様はまず『貴族』とはなんなのかを知る必要がある」

俺の疑問を遮ってタイタンが唐突に語り始めたのは、『貴族』の在り方についてであった。

「貴様が言っていた『上に立つ者』というのは往々にして合っている……が、それだけでは認識が甘い。責任や意思の強さというのは『上に立つ者』としての在り方としては正解だが、貴族にはその上で『それを他人に理解させる』というカリスマ性が要る」

「カリスマ、性？」

「口を閉じろと言ったはずだが……まあ、特別に許してやろう。そうだ、血筋、権力、人気。自身のあらゆる要素で他人を惹きつけるカリスマ性が、貴族には必要なのだ」

その最たる例が金だ、と言いながらポケットから一枚の硬貨を取り出して上に弾くタイタン。

「金を持つ者にはそいつのおこぼれを狙って自分も裕福になりたい金銭的な弱者が集まる、人気を持つ者にはそいつとの関係を築いて自分も人気者になりたい軽薄な夢見者が集まる。権力を持つ者の下には当然、そいつが持つ権力で他人を従わせたいと考える強欲な愚民共が集まるのだ」

王女の名前や彼女の意思を引き合いに出して貴様を痛めつけていた奴らも、王女が持っていたカリスマ性に乗せられた愚民だ、と空中の硬貨をキャッチしながらタイタンは続けた。

「いや、だが……シアン姫にはそんな意図なんてなかった、はずだ」

「それが王女殿下の失態だ、彼女は自分の意思を強く愚民共に示さなかった。だから暴走したのだ、民衆の勝手な決めつけによってな」

『等しく』などと曖昧(あいまい)な表現をして、自身の考えは完全に周りが理解出来ていると思っている殿下の姿は見ていて滑稽(こっけい)だったぞ？　と、硬貨をポケットに戻しながら足を組み替えたタイタンは嘲笑(あざわら)う。

「意思を強く示さねば愚民は『正義』や『常識』といったもので、自分の都合がいいように捻じ曲げてしまう」

「王女を苛める俺は悪だ、と」

「そうだ。そして何故それが起こるかと言えば……」

「『正義』や『常識』が、シアン姫以上にカリスマ性を持っているから」

俺がそう言うと、満足したかのように深く頷くタイタン。俺は痛む身体を起こしながら立ち上がる。

「人は安心というものを常に求める。絶対的な指標が欲しいから『正義』や『常識』が持つカリスマで誰かを縛り、強制し、群れる」

「そして出来たのが国ってわけか」

「そうだ。そしてそこから外れた者を、安心と国を脅かす存在として『間違っている』と過剰に疎外し始める。どんな立場であってもな」

ははっ……なるほどな。俺はタイタンが何を言いたいのかに気が付いて、あまりの可笑しさについ笑ってしまう。つまり彼が言いたいのは――。

「何もカリスマ性も持たない……『貴族』の資格がない俺は、『正義』や『常識』という強大なカリスマを前に勝つことは出来ない、ってか？」

「……貴様も無茶な喧嘩を売ったものだ。正義に屈して『良い人』としての人生を送るか、常識に屈して『凡人』としての人生を送るかすれば良かったものを」

随分と弱気な発言がタイタンの口から飛び出す。こいつは、今さら何を言ってるんだ？　俺に足りないものを指摘して、俺が敵に回しているものの現実を突きつけて……それで俺が歩みを止めるとでも思っているのか？　俺は拳を握りながら、目の前の『ただ虚勢を張っているだけのゴミ』に話す。

「それで五年後、十年後。俺がその選択肢を後悔しないと思うか？」

「さてな」

「……っ、『正義』や『常識』という強大な敵に対して折れることが！　俺の理想だと思うか!?」

回答をそうはぐらかして、俺と目を合わせようとせずに俯いているタイタンの姿に、俺は思わず怒りのままに胸ぐらを掴む。

「放せ」

「貴族の在り方を教えた貴様はもちろん『貴族』なのだろう？　なら教えていただこうか、愚民の俺よりもカリスマ性のある『貴族』様がわざわざ俺を表に出して自由にさせている理由は何だ？」

「黙れ……っ」

「あの日、あまりの怒りと悔しさにこの身体を乗っ取ってまで、ブラドに吐いた言葉は何だったのだ!?」

「黙れ黙れ黙れ！　知ったような口を利くな！　俺の怒りも、悔しさも、俺だけのものだ！　俺の意思も、責任も、俺だけのものなのだ！　愚民の貴様に推し量られるほど、俺は落ちぶれていない！」

「だったら弱音をほざくなタイタン・オニキス！　予想以上のデカい敵に日和っている貴様に、俺の道をふさぐ権利はない！」

「っ！」

「出来ない理由を考えるより、今何が出来るかをがむしゃらに考えることを俺に教えたのは……他ならぬ貴様だろうがッ！」

「ぐっ……！」

俺は思いっきりタイタンの顔をぶん殴る。何が落ちぶれていないだ!?　責任から逃げるな、意思を曲げるなタイタン・オニキス！　貴様がこの身体を動かして発した声にならない言葉は！　貴様が心の内から常に訴えかけてきた感情は！　もう俺を引き返せないところまで変えちまったんだよ！

だから貴様は責任から逃げられない、俺が貴様を責任から逃がさない。たとえこの身体が貴様のものであったとしても、たとえ実際に言葉に発してなかったとしても……他者である俺を変えた時点でお前はもう戻れない。

「俺はこの世界を、くそったれな運命を否定する。その意思を貫くためなら『悪』として生きる覚悟もすでに出来ている……俺を『理解しろ』、タイタン・オニキス」

「…………」

パッと胸ぐらを摑んでいた手を放す。ゲームでは『悪役貴族』という役割だったタイタンも、俺が転生してきた時はただの嫌われ者の貴族……親父を見返したいという気持ちはあれど、世界を相手取るのは荷が重いのだろう。だが、こいつの吐いた弱音は俺に対してただの侮辱にしかならない、これが変えられた者の気持ちであり怒りだ。

俺が睨みつけていると、押し黙っていたタイタンが口を開く。

「貴様が俺の身体に入ってくる直前、おそらくだが……貴様の記憶を見た」

「あ？」

「凄かった。次に何が起こるか、誰が何を発言するかが詳細に分かった」

「…………」

「だからこそ、俺の最期もまた分かってしまった。いつかは誰かに殺される……そんな未来すらも確定してしまっている運命を無数に見せられて、心が折れない奴がどこにいる？」

彼の口から語られたのは、今までのことだった。親に期待されず、弟に負け、八方ふさがりだった自分に舞い降りた大きな変化は、この学園のどこかで自身が死ぬという現実味のある運命を見せられたこと。

「正直、貴様がサボろうとした時は自分ももう頑張らなくても良いと思った。貴様がスライムに殺されかけた時も、今ここで死んだってどうせ構わないと思った……なのに」

どうしても諦めきれなかったのだ、今までの俺の人生に意味があったと納得出来るような何かがあると。

そう言ったタイタンは腹立たしそうに膝を折って拳を荒野の地面に叩きつける。

「だがどうだ⁉　オークと戦った時に俺の刃は通じなかった！　貴様の機転と死力が全てを覆した！　俺の今までは……貴様の二ヶ月に負けたのだぞ！」

これではあまりにも……あまりにも惨めではないか。残ったのは、貴族としての少しのプライドだけなのだ、と悔しそうに涙するタイタン。

「俺が出来るのはせめて貴族として弱みを見せるなと警告したり、貴様にこうして『貴族』の在り方を教えることぐらいだ」

そう言って弱々しく嘆く目の前の『悪役貴族』の姿に、俺はギリッと歯を食いしばる。

あぁ……やっと分かった。なぜ俺がずっと自由にこの身体を動かせているのか……こいつは、俺に自身の人生の続きを歩んでほしいのだ。誰にも否定されない人生を、俺に作ってほしいのだ！

スライムに襲われた時、俺に諦めさせた道をこいつは進もうとしている……ッ！　そんな無責任なこと、俺が許すはずがないだろうがッ！

「だから、全て俺に任せるのか？」

「…………」

「何も出来ないと自分をそう評価して、俺を変えた責任から逃げてっ！　それで貴様は意味のある人生だと言えるのだな!?」

「……そんなわけ、ないだろうが」

「『貴族』を名乗り続けるなら最後まで『貴族』であり続けろ！　自分の『正しい』を貫いて、他人（俺）に『貴族』というものを言葉ではなく生き様で理解させるのが貴様の責任だろうが！」

「ッ！」

立ち上がれタイタン・オニキス！　貴様はたとえ才能に絶望しても傲慢（ごうまん）に生き続けたことを俺は知っている、誰かが正義のもと貴様を殺すその寸前まで意思を曲げなかったことを俺は知っている！

そんな奴が、今ここで膝を折っているわけがないんだよ！

「まだプライドが残ってるんだったらそいつも俺に寄越せ！　俺に貴様の人生を歩ませたいのなら、貴様の全てを俺に差し出せ！」

傲慢に、強欲に、俺は貴様の全てを貰い受ける。貴様の全てを背負って、貴様には何も残してやらん！　そう言った俺の姿を前に、地面に蹲っていた彼は立ち上がった。先ほどまでの弱気な雰囲気は消えて、ただただ怒りに満ちた顔をしている……なんだよ、まだその顔出来るじゃねえか。

「『貴族』ですらない貴様に差し出す俺のプライドなぞ！　欠片ほども持ち合わせていないわ！　俺の人生は俺が歩く……気が変わった。貴様にも……父上にも、世界にも！　俺を捨てることがどれほど愚かな行為であったかを俺が教えてやる！」

「……その選択肢に、後悔はないか？」

「お互い様だ！　ふんっ！」

「いだっ！」

俺の質問に答えながら、頭にげんこつを落としタイタンは嗤った。闘志が宿った彼の目には仄暗い炎が灯っている、その姿は間違いなく悪役貴族そのものであった。

やっと自分とは何かを理解しやがったか。頭を押さえて痛がっている今の俺も、おそらく彼と同じ顔をしていることだろう。タイタンは再び大きな石に腰掛けて尊大に俺を見やる。

「いいか、『正義』や『常識』というのはこの世界を否定する貴様にとっては常に敵だ。貴様の周りを囲んでいる愚民共は、大勢の集まりが作った無責任な『正しい』を妄信して行動しているだけの家畜……だが群れているからこそ、その『正しい』は強いカリスマ性を持つ」

「分かっている、この世界において俺たちは『間違っている』。だが、そのまま消えるわけにはいかないだろう？」

「あぁ、そうだ。まったく、俺が愚民共を苛めていた時によく言われたものだ……『お前は間違っている』と。今思えば可笑しい俺からすれば、愚民共が『貴族』の俺を無責任に蔑むことの方が『間違っている』ことなのに」

視界が白くぼやけていく。何かに引っぱり上げられる感覚があり、俺は直感的に元の場所に戻るのかと気が付いた。

荒野の世界が白く塗り潰されていく、それをみたタイタンが時間か……と一言呟くと、足先から消えていく俺の方に向き直り叫んだ。

「いいかタイタン・オニキス！　俺の身体を使わせてやっているのだ、貴様の『正しい』

を愚民共に叩きつけろ！　奴らの信じている『正義は勝つ』という常識を！　へし折ってこい！」

そしていつか――最後の方はよく聞き取れなかったが、獰猛な笑みを浮かべているタイタンを見て、俺は挑戦的に嗤い返す。

どうせ自身の野望のために俺を利用しようとしているのだろう？　俺の知るタイタンという『悪役』はそういう奴だ。だからこそ俺は、現実へと意識が戻っていく寸前にタイタンに向かって一言告げる。

「やってみろよ、タイタン・オニキス」

意識が戻ると視界が開けて、暗闇の状態異常が切れているのが分かった。意識が戻った直後で未だに不明瞭な視界の中、ハルトの声が聞こえる。

「ここで転がしているとシアン様の目に入るかもしれない、どこかの茂みに棄てよう」

「無能が貴族とかふざけんなって話だよな」

「あーすっきりした！　王女様には感謝だな！」

周りが好き勝手に俺を罵り嘲笑い、大衆の中で肥大化した正義に酔っている。誰も俺を見ていない……完全に油断している彼らを見て、俺は勝機を見出す。

この状況をひっくり返すためには、絶対的なアドバンテージを取られる《暗転爪》といった状態異常を付与するスキル保持者を優先的に排除しなければならない。そんな状態異常のスキルを取れるのは『短剣』と『盾』の二つだけ、盾持ちがいなかった時点で短剣持ちに絞って……足を狩る！

「《パラライズ》」

地面に横たわったまま俺は五回分を一気に放つ。手札を隠すなんてもうしない、小出しに見せるぐらいならこの不意打ちで全放出して形勢を変える！

俺が狙った短剣持ちの生徒五人が、急に足の力が抜けたかのようにバタバタと倒れる。何が起きたか分からずに俺を驚いた目で振り返る奴らをよそに、俺はゆっくりと立ち上がり口角を上げて嗤った。

「正義の力に酔いしれている愚民共に制裁を。間違っている俺が……『悪』が、貴様らを裁いてやる」

身体中が痛い……骨が軋むような痛みに襲われながらも、わざわざスキルの名前を叫びながらこれ見よがしに俺にスキルを撃ってくれた奴らの間抜けさに感謝する。スキルを持たない俺を馬鹿にするためにわざわざやっていたのだろうが、皮肉にもそのお陰で俺は

《パラライズ》を撃つ先を限定することが出来た。

「圧倒的に有利な立場で油断するというのは、俺も貴様らも変わらんな」

「んだよ、これ……」

「スキルか⁉」

「隠していたのか！　この卑怯者！」

わーわーと騒ぎ立てる周囲の奴らがうるさくてかなわない、スキル？　そんな便利で使い勝手のいい代物じゃないぞこれは。

「くっ、まさか魔法を覚えているとは」

「ほう？　貴様は知っているんだな」

大剣を抜きながら俺の《パラライズ》を一発で看破したハルト。スキル絶対至上主義のこの世界では魔法の研究は驚くほど進んでいないというのに……やはりハルトには何かある。

俺は近くに転がっていた自分の剣を拾って、二、三度軽く振りながらバラバラとハルトに続いて武器を構え始めた生徒たちを数える。

「七……八人か。二桁を切っているのは僥倖だな」

ロングソード、大剣、槍に斧……様々な武器を手にジリジリと俺を再び囲むように生徒たちが包囲網を広げていくのを見ながら、俺は目の前にいるハルトに剣を向けた。

「一つ、貴様に問おう。貴様にとって『正義』とはなんだ？」

「時間稼ぎのつもりか？」

「いや、単なる答え合わせだ。別に答えなくてもいいが……死んだ方がましだと思えるほどに拷問されたくなければ、答えた方が身のためだ」

「……まさかそんな身体で、ここから僕たちに勝つつもりだと？」

「あぁ、勝つつもりだが？」

俺の考えの方が『正しい』と確認するためだけの自己満足の質問だが、貴様も俺を包囲する時間が欲しいのだろう？　ならば答えろ。

包囲網が完成したのを確認したのか、黙っていたハルトが口を開く。

「『正義』とはなんだと言ったな？　ならば教えてやる！　この国を脅かす悪を倒す、それが正義だ！　行くぞ、みんな！」

「おおーっ！」

ハルト達が俺に向かって再び突っ込んでくる。そんな中で俺は、やはり自分は正しかったことを確信していた。

ありがとうハルト・ウルリッヒ、貴様の回答は実に素晴らしく空虚で『何も考えていない』ことが分かるものであった。自身の行いを正当化し、『貴様にとって』と聞いたのに『僕』という言葉を使わずに答える事で責任から無意識に逃れている……あぁ、素晴らしい演説だと賛辞を送ってやる。

「ならばこれより俺は、貴様の『正義』を挫く『悪』となる。全員俺の前で、跪くがいい」

さあ、第二ラウンドだ。

「囲んで挟め！　動きさえ止めれば僕がとどめを刺す！」

「お、おおっ！」

「はっ！」

「わ……分かった！」

斧を持った男子生徒と槍を持った女子生徒が左右に分かれて俺を挟みに来る。この一ヶ月でスキルを複数持っているだろう……ならば撃つスキルの選択肢を潰すのみ！　俺はあえて斧を持つ男子生徒の方に突っ込んだ。

「っ、舐めてんじゃねーぞ！」

「モブの分際で」

いきなり俺に距離を詰められた男子生徒は、足を止めて迎え撃つように斧を振るう。少しでも斧の威力を上げるためにバックステップしながら俺から距離を取った彼を見て、俺は突っ込んだ勢いを殺さずに左足を軸にその場で回転。背後から突き出された槍を、剣を振って上から叩き落す！

「っな⁉」

「狙いは最初から貴様だ女！」

俺が選択肢を潰したのは槍を持った女子生徒の方、槍の有利な間合いで背中を向けた敵がいたらそりゃ大きく突き出すよなぁ⁉

地面に固定するように槍の穂先を踏み、彼女の首に向かって横なぎに振るう。武器を手放せば回避出来るが、スキルを覚えただけの一般人にそれを考え付く頭は果たしてあるか？

「ひっ！」

「死ね」

「うおおおおおお！」

恐怖で身がすくんだ女子生徒に一撃を食らわせようとした時、ハルトが間に合う。大剣の大振りが地面を抉る……っち、二度目だな。

素早く槍から足を離して距離を取る俺は、斧を持った男子生徒と自然と間合いを詰めていく。すかさず男子生徒が俺の脳天に斧を振り下ろす……が、頭を低く下げて地面に転がるように回避した。

すぐさま立ち上がろうと前を見た時に、ハルトが素早く反転して俺と距離を詰めているのが見える。やばっ……間に合わない、剣身を盾代わりに前に出そうにも先に大剣が身体に届くっ！

「終わりだ！」

「――っは！　身体の動かし方がなってないなぁ、愚民！」

その瞬間、俺の口が勝手に開き身体の主導権を奪われる。迫ってくる大剣に対して、俺の身体は剣の柄をハルトの大剣の腹にぶつけ、剣筋を僅かに逸らした！

「なっ……⁉」

「斧を躱す時に姿勢を低くするより鞘で腹を突いてやれば良かったのだ、もっと自分の手札をよく見ろ愚民」

顔の左横を鉄の塊が掠めて過ぎ去っていく。それを横目に素早く立ち上がった俺は、そう言いながら『剣を右手に持ち替えた』。

タイタン！　ありがたい、俺は頭を回すことに集中したいのでしばらく身体をタイタンに預けることにする。

――全員が持っているスキルを割りたい、通常攻撃は全て貴様が受けろ。スキルの前兆は全て俺が教えてやる。

「了解だ、俺の勝利のためにせいぜい足りない頭を回せ」

お互い様だ、俺の勝利のためにその才能のない剣を振り回せ。俺は身体をタイタンに預け、襲い掛かる生徒達の攻撃を見ることに専念する。

俺が身体を動かしていた時よりも鮮やかに、そして合理的に周りの生徒の攻撃を捌いていくタイタン。

「即席のパーティー……一回も組んだことのない奴ら同士の集まりなぞ、互いの攻撃が当たらないように周りに配慮しながら武器を振るしかない」

「くっ、なんで当たらないんだよ……っ!?」

「対人経験の浅い平民どもに、ブラフや駆け引きといったものは存在しない。ならば一対一を、『最も対処しやすい姿勢で動くこと』だけを意識して繰り返せばよい」

そう言ったタイタンは後ろから剣を振りかぶって突っ込んできた生徒に対して、バックステップで背中からぶつかる。剣を振り上げた状態でぶつかられた生徒は体幹を崩され、そのまま仰向けに地面に転んでしまった。

その間にタイタンは右からの大剣を自身の剣でいなしつつ、左から鋭く突かれた槍を鞘で地面に叩き落とす。左右に首を振っては視野を広く取り、誰が何をしようとしているかという視覚情報を俺と共有するように戦っていた。

ならば俺も、相手の予備動作からどんなスキルが繰り出されるのかをタイタンと共有して借りを消すとしよう。

――斧、《兜割り》。頭上に斧を叩き落として防御力を下げるスキル！　通常攻撃の二倍の威力がある！

――槍、《五月雨突き》。四回攻撃のスキルだ！　五月雨といえど頭、心臓、左肩、腹の順に通常攻撃の半分の威力で突き出されるだけ！

――大剣、《覇斬》。縦に衝撃波を飛ばす攻撃スキル！　通常攻撃と等倍の威力だが吹き飛ばしの追加効果があるから気を付けろ！

――槍、《疾風突き》。先制攻撃を可能にする素早い一撃……代わりに威力が低いから避けるも弾くも好きにしろ！

「こんな身体で……無茶を言いおる！」

――勝つためだ。嫌なスキルを持っている短剣持ちは先に潰しておいたのだ、これぐらいの無茶ぐらい通せ！

「ならば仕方ないな！」

通常の攻撃はタイタンに任せ、相手のスキルを素早く割っていく。同時に彼らのステータスとスキルビルドも大まかに把握していった。

斧を持っている男子生徒は筋力に特化していて、攻撃力が高い代わりに素早さと器用さは低いのかタイタンが動かなくても攻撃を外すことが多い。取っているスキルと合わせて考えるにこいつ……【ラスボスワンパンなのにスライムにやられるビルド】か。

一方、槍を持っている女子生徒はバランスのいいステータスをしているがスキルが手数に特化していてさっきからタイタンに弾かれ続けている。そのスキルビルドは筋力と素早さが高いステータスの時にのみ使えるものだ。【最速で戦闘終了ビルド】信者。

頭が冴える、冷静に分析出来る。悔しいが、タイタンが身体を動かしてくれているお陰で今までのどの戦いよりも正確に盤面を理解出来ている……だからこそ、やはりハルトは異常だと認識する。

ここにいる奴らのステータスとスキルビルドを割り切った俺は、周りと距離を取ったタイミングで身体の主導権を奪い返す。

――いいのか？　俺が全てを片付けても良いのだぞ？

「……おそらくハルトに関しては、俺が対処した方が楽だ。この包囲網にも飽きてきたし、そろそろ穴を開ける」

今までは防御と回避に徹してもらっていたが、ここからは反撃の時間だ。俺はハルトの大剣を受けて半ばでへし折れてしまった鞘を投げ捨てて、左手に持っていた剣を右手に持ち替えた。

　五分、いや十分は戦っていただろうか。来る敵に対して迎え撃っていた俺とは対照的に、攻めるために走っては重い武器を振り続けていた周りの生徒は肩で大きく息をしており、攻撃もへろへろになっていた……ただ一人、ハルトを除いては。

「くっ……ちょこまかと」

　そんな苛立たし気に俺を見てくるハルトを冷静な目で見返しつつ、ハルトに抱いた違和感の正体を探る。

　ステータスは筋力、器用さ、そして防御力の順に高めに振られている……そこは特に問題ない。武器選択も間違っていないし、取っているスキルも組もうとしているスキルビルドも現実世界で『最強』と言われていたものだ。

　そう、何も間違っていない……だからこそ『おかしい』のだ。こいつのスキルビルドは、あまりにも合理的すぎる。

「いや違う」

　俺はそこまで考えて、一つの仮定を頭の中で想起する。天才的な確率で最適解を引いているのではなく、『最初から合理的な最適解を知っていた』とすれば？

他の生徒のような「このスキルが強そうだから取ろう」みたいな甘えが存在しない、結論から逆算してスキルの取得が出来るとすれば……奴の合理的なスキルビルドに説明がつく。

そんなことが果たして可能なのか？　という疑問が一瞬頭をよぎったが、すぐに突拍子もない答えにたどり着いて俺は思わず笑ってしまう。

普通なら考え付きもしないが、何よりの証拠が俺自身なのだ。その答えに半ば確信を持ちながら、ハルトに向かって剣を構えた。

俺の予想通りなら《地砕き》、《覇斬》、《ブレードガード》の他に、学園に入学する前から持っている初期スキルとして《鑑定》か《瞑想》のどちらかをハルトは所持している。

《鑑定》なら相手のステータスを見られて戦い方を決められるし、《瞑想》なら筋力、器用さ、防御力に倍率補正がかかる……ステータスを見ることが出来ないこの世界で、大剣を選んでいる辺り《鑑定》か？

俺だってそのステータスで真面目にプレイする時は、入学して一ヶ月の時点でそのスキル構成になっている。このスキルビルドにするために、筋力、器用さ、防御力が高いステータスを引くまでゲームのリセットをしている奴までいるぐらいだ。そのビルド名は――。

「【アグラニカの大剣ビルド】」

「っ！」

俺の言葉にハルトが一瞬硬直する。その隙を逃さず剣で斬りかかるが、防御力が上がっていて浅く腕を斬るだけに終わった。

しかし、やっとハルトに感じていた違和感の正体が判明して清々しい気持ちだ。『ハルト・ウルリッヒ』という名前に覚えがあるのも、それでいて顔を知らないのも当たり前だ……こいつは、この『学園カグラザカ』という世界における、主人公なのだから。

『ハルト・ウルリッヒ』は主人公のデフォルトネームだ。主人公視点から物語が進むから日常パートで自キャラの顔を確認するタイミングは存在しないし、戦闘パートでも主人公の身体は黒一色に塗られていたものだから、この世界で顔を見ても俺がピンとこないわけだ。

「ど、どうしたんだハルト？」

「…………」

今の反応……やはり考えていた通り、こいつも俺と同じ転生者なのだろう。【アグラニカの大剣ビルド】なんてワード、現実世界のインターネット上にしかない言葉だからな。

奴が攻略サイトの掲示板を見た転生者だとしたら、合理的すぎる武器選びとスキルビルドに説明がつく。ハルトも俺の言葉で察したのか攻撃の手が止まり、すぐ横にいる仲間に心配そうに声をかけられていた。

「どうして……その名前を……」

「その思考は、今勝つために必要なのか？」

俺は猛然と走り出し、ハルトを落としにかかる。俺の行動を見てハッとしたハルトが慌てて大剣の幅広い剣身を身体の前に出し《ブレードガード》の構えをとった。

だがその選択肢は致命的だ。俺はハルトの脇をそのまますり抜け、後ろに控えていた槍の女子生徒に斬りかかる！

「きゃああ！」

ハルトが俺を受け止めると思って無防備だった彼女は、俺の攻撃によって大きく吹き飛ぶ。

叩っ斬るつもりだったが俺の攻撃力では相手の防御力を抜けなかったのか、訓練場の壁に叩きつけ気絶させるだけに留まる。しかしこれでしばらくは動けないだろう、まずは一人目だ。

《ブレードガード》を使うなら本来《挑発》から入らなければならない。ただし、『今この時点で挑発のスキルは取れない』。《ブレードガード》は攻撃を受けた時に三倍の威力でカウンターを行うスキルだが、代わりにそのターンは他の行動が出来ないために先に敵の攻撃を集める《挑発》のスキルと併用しなければならない。

「くそっ！」

「そんな力任せの一撃が当たるか！」

仲間を倒された怒りに任せて横振りしたハルトの一撃は、周りを見ていない大振り。これを利用しない手はない、俺は性懲りもなく後ろから突っ込んできた片手剣の生徒を立ち位置を入れ替えるように前に出す！

勢いに乗った大剣をすぐに止めることは出来ない、ハルトが振ったその大きな鉄の塊は、仲間を真横に吹き飛ばしてしまった……これで二人目の戦線離脱だ。

仲間を攻撃してしまったことに酷く狼狽したハルトを横目に、次々と周りの生徒を各個撃破していく。ハルトを除いて五人、しかもさっきのハルトのミスを見てしまったばかりにさらに攻撃を躊躇してしまうようになった奴らの制圧は比較的簡単だった。

タイタンが身体を動かしていた時よりも一対一の状況を作りやすかったからな……破れかぶれにスキルを放ってきた最後の敵の腹に、思いっきり膝をぶち込んで黙らせた俺は呆然としているハルトに向き直る。

「《ブレードガード》は習得日数が早いが、先に《挑発》を取らないとこのように全滅する可能性がある。そして《挑発》のスキルは一ヶ月では取れない……これは貴様の慢心が生んだ失態だ」

「そんな……嘘だ」

「一つ講義をしてやろう。【アグラニカの大剣】がなぜ最強と言われているか分かるか？」

「……敵を倒しやすいから」

「違う。『全てのシナリオ分岐の敵を、最小限のスキル数で突破出来る』ビルドだからだ」

『学園カグラザカ』はエロゲだ、限られた三年間という時間の中でイベントスチルを一回の攻略で出来る限り回収するためにはスキルの習得に時間を割いちゃいけないんだよ。どのシナリオでも真似するだけでクリア出来てしまう汎用性の高さが【アグラニカの大剣】が『最強』と言われる理由だ。

「なん、で。お前がそれを知ってるんだよ……？」

「頭の回転が遅いぞ『主人公』。もしくは自分だけの特権だと思っていたゲーム知識が他人にもあったのが分かって、優位性が失われるのが怖くて認めたくないだけか？」

「……転生者」

やっと答えにたどり着いたハルトが忌々し気に俺を見る。だが惜しいな、それだと半分しか答えにたどり着いていない。

「【アグラニカの大剣】ビルドを考案したのは、俺だ」

「っ⁉」

目玉が落ちるかと思うぐらいに目を見開くハルトの間抜け面に思わず俺は笑ってしまった。

『学園カグラザカ』というゲームにおいてスキルビルド名というのは、二種類の付けられ方がある。あまりにもネタ過ぎて面白いということで大喜利と化す付けられ方と……『あまりにも強すぎて、その考案者のプレイヤー名がそのままビルド名になる付けられ方』だ。

「まったく。『正義』も借り物、『スキル構成』も借り物……その本意を考えずただ虎の威を借るだけの狐に、何が為せると言うのだ？」

「……黙れ」

ハルトが俺の言葉を聞きたくないとばかりに乱暴に大剣を上に振り上げる……が、こいつはもう脅威じゃない。俺は《地砕き》のモーションに入ったハルトの胸を、素早く近づき剣で軽く押してやる。ダメージは入らないが姿勢を崩すぐらいなら……これだけで十分だ。

重心が後ろに寄っていたハルトは、たったそれだけで後ろにたたらを踏みスキルを中断される。追撃に入った俺を慌てて回避しながら腰の入ってない大剣を振るったハルトだったが、俺は正面から剣で弾き返した。

「くっ、さっさと……倒れろ！」

「誰かが敷いたレールを走って満足している貴様に、俺が倒せるものか」

「黙れっ！　みんなが繋げた好機を、逃すわけにはいかないんだ！」

「大見え切って悪だと断じた俺に、無様に負けるのが怖いだけなくせに」

「黙れ黙れ黙れ！　お前は悪なんだ、『そう最初から決まってるんだよ』！」

目を血走らせ口の端から泡を吹きながらハルトは俺を潰そうと力任せの攻撃を繰り返す。

っは、あんなのが主人公かよ。イケメンフェイスが台無しだな。

俺が近づいたら離すために《地砕き》、大剣の届かない遠距離なら《覇斬》、自分の間合いだと通常攻撃……この三つがこいつの行動パターン。変化もなく、怒りのあまりさらに単調になっている奴はスキルが「通常攻撃の何倍のダメージ」という概念に囚われすぎて『スキルを撃たない』という発想が生まれない。

この世界は、心臓が止まったらどんな強敵でも死ぬというのに。

「死ね、死ねよ！」

「モブに殺せるほど、俺の価値は安くない」

「俺は主人公だぞ！」

「だから何だというのだ？　その身体は主人公足りえるかもしれぬが、如何せん中身が伴ってない」

力は強い、攻撃も通らない……だがそれだけだ。それぐらいオークでとうに経験している、言語が通じる分ハルトの方が対処しやすい。

結局こいつは主人公としては意思が弱すぎた、『自分はこうあるべき』という他人に決められた役割をただ演じて利益を享受するだけのただのモブ。俺と敵対するには、意思も格も足りない。

俺はハルトの片足を払い、バランスを後ろに崩したハルトの襟首を引っ掴んで地面に引きずり倒す。いくら筋力が強くても、片足だけで支えてられるかハルト!?

「ぐっ、おおおおおおお！」

「……っ、その身体だけは厄介だな！」

「っだあ！」

どんだけ体幹強いんだよその身体！　右足一本で後ろに倒す俺の力と大剣の重みを支え切りやがった、正真正銘その身体は主人公だよクソ！　このまま倒すことを諦め、俺は手を離してハルトから離れる。俺のいた場所に、強引に振るわれたハルトの大剣が通り過ぎた。

「はぁ、はぁ……許さない」

「貴様に許される必要はない。この国の正義ごと叩き潰してやるんだ、俺を裁けるのは国のトップ……王族だけだ」

間髪容れずに俺は姿勢を地面すれすれまで低くして近づき、ハルトの大剣が地面を擦るように誘導する。状態異常のスキルがなくても視界を潰せるのは、シアン姫との戦いでハルトが乱入した時から分かっている。俺は左に大剣を逸らし地面に叩きつけさせ、砂煙を上げた。

ハルトが最後に見たのは、俺が奴の右に動く瞬間だろう。だから俺は反対の左側に動く！　この前と違うのは俺の動きを指摘する奴がいないこと、俺の動きは……刺さる。

「どこだ⁉」

「ここだ」

案の定、右側を注意していたハルトは意識の真反対から飛んできた俺の一撃に間に合わない。大剣を持っていた右腕を狙ったその攻撃、ダメージは通らずとも衝撃は身体に伝わるはずだ！

「っぐ！」

「目には目をだ！　食らっとけ！」

「ぶっ……！」

完全に邪魔されない絶好のタイミング、俺は今までの恨みと怒りを乗せて思いっきりハ

ルトの顔面に拳を叩きつけた！

大剣がハルトの手から離れ、ズシンと重い音が訓練場に響く。鼻血を出しつつ地面に倒れたハルトの腹を思いきり踏みつけ、俺は剣をハルトの喉元に持ってきた。

ここから逆転する方法は奴にはない……あらゆる可能性を考えた上で、俺がハルトを殺す方が——早い、チェックメイトだ。

「終わりだ正義のヒーロー、もう貴様の妄言に付き合うつもりはない」

「う……こんな、はずじゃ……」

「ない、か？　現実を見るんだなハルト・ウルリッヒ。大言壮語の責任を取る時だ、その命でもって償え」

「っひ……嫌だ、死にたく、ない……！」

ハルトの目には俺に対しての恐怖しか感じない、完全に心が折れたか。必死に命乞いをする姿はとても情けなく感じた……が、残念だったな。俺は悪役なんだ、他人への同情など微塵も興味がない。

「あぁ、俺も同じだよ。だから貴様は今ここで殺す、バッドエンドだ『主人公』」

ゆっくりと喉元に剣を落とす。剣は刺さらなくても喉元を強く押さえたらいつかは斬れるだろ、空っぽの頭と胴体を切り離してやろうと俺がハルトの首元に狙いを定める――。

「――タイタンさん！」

「……遅かったな、シアン姫」

「タイタンさん……やめて、ください。これは王命です」

しかし、そんな俺を止めたのはシアン姫であった。《王令》を使っても俺を止められないことを知っている彼女は、王命をもって俺を止めに来る。

ハルトに突き刺そうとしていた剣をピタッと止めた俺は彼女の言葉に少し考えた後……。

王命に背いて、こっそり大剣を持とうとしていたハルトの手のひらを思いっきり貫いた！

「あああああぁ！……ぐぁ、っつう……」

「タイタンさん!?」

「ふむ？　攻撃が通るな」

なるほど、いくら防御力が高くても服のない場所なら俺のような低ステータスでも攻撃は通るのか。新しい発見だ。俺がこの世界の新たな仕様を分析していると、信じられないといった表情で俺を見るシアン姫が口を開いた。

「どうして……っ!?」

「どうして、か……なぜ前は王命に俺が従ったと思う？」

「……王命には王族としての責任があるから、です」

「見当違いの答えだ、それは王命の仕様であって理由ではない。この国の『正しい』を作る貴様ら王族の意思に、俺が期待したから従ったのだ」

だがどうだ？　俺は剣を握っていない方の手で周りにいる、倒れているハルトたちを指さす。

「貴様ら王族が代々作り上げてきた『正しい』は、俺という間違った奴を独裁的に排除するゴミみたいな正義だった。間違っている者を切り捨て、自身の意見に賛同する者だけを残すという取捨選択を取るのが『正しい』としてきた腐った常識だった」

だから、間違っている俺はもう貴様には期待しない。そう言って俺はハルトから剣を引き抜いた。

そして表情を硬くして俺を見てくるシアン姫に向けて血に濡れた剣を向ける。

「貴様の言った『等しく』という言葉は、そこの愚民共に俺を排除する権力を持たせた。王女と同じ権力を持ったと勘違いした奴らに、『正義』を無責任に行使する権利を与えたのだ。貴様のせいだ、シアン姫」

「……っ」

「貴様の愛した国の『正義』は、俺を捨てることを選択した。だからもう王命に、俺は縛られない」

俺はそう言って、彼女に剣を構える。さあ、レイピアを抜けよシアン姫。王女としての自覚があるなら、国賊となった俺を罰しなければならない。

こんな腐った国のトップに立つ者として、けじめをつけろ。俺が殺気をシアン姫に向け、静かになった訓練場に、砂と俺の靴が擦れる音が鳴る。

そんな俺に対して彼女がとった行動は……『頭を下げること』だった。

「申し訳ございません。私の国の者がご迷惑をおかけしました」

「……自身の罪悪感を軽くするためだけの謝罪に意味はない、と何度も言ったはずだ」

「いいえ、これは一生徒のシアン・クライハートとしてではなく、王女としての謝罪です。現実を見ることなく甘い幻想の中で意思だけを吐き続けたせいで、あなたという者を切り捨ててしまっていたことに対しての」

頭を下げたまま、シアン姫はもっと早くにこうしておくべきだったのです、と言葉を続ける。

「この国に生きる者たちと、同じ目線で共に歩みたいと『等しく』と掲げたくせに、私は楽しいことばかりに目が行って……醜いところを見てこなかったばかりに彼らに私の言葉を誤解させてしまった」

「…………」

「あなたの言う通りでした。上に立つ者が下々と同じ立場になろうとするのは、ただ責任から逃げているだけ……その弊害が、あなたに降りかかってしまった」

「だったら今この場で死ぬか？　その首を俺に差し出すか」

シアン姫の言葉はただ自身の後悔を連ねるのみ、それで俺の同情を誘うつもりか？　俺は腑抜けた彼女の姿に腹が立つ。

しかしシアン姫が頭を上げこちらを見た時、俺は怒りを思わず霧散させてしまう。彼女の目は、悲し気な雰囲気とは真逆の闘志と意欲に満ちていた。こいつ……俺が思わず口の端が上がってしまう中、彼女はゆっくりと口を開く。

「それは出来ません、私は王族です。私の全ては国のもので、私の裁量であなたに差し出せるものは……責任ある言葉のみ」

「ならばその口で紡いでみせろ、俺に何も取られたくない強欲な王女。貴様は何を正義とする？」

「私は――」

――全てを拾って『等しく』あるのが私の正義です。あなたも、あなたの間違っている『正しい』も……全て拾って『等しく』あるのが私の正しいです！

　そう言い切った彼女は、一歩も引かずに真っすぐ俺を見ていた。そんなシアン姫の姿に俺は思わず笑ってしまう。強欲だとは言ったが、まさか『俺の正義すら欲しい』とほざくか！

　ああ、やっと貴様を理解出来たぞシアン・クライハート。考えてみれば簡単なことだったのだ、貴様は幻想を見ていても現実を直視したとしても――。

「ふっ……はは、ふはははははは!!　貪欲に、強欲に！　望むもの全てを手に入れたいのだなシアン・クライハートォ！」

「私は強欲ですからね！　何かを切り捨てて得られる小さい『等しい』なんて要りません！　この国が培ってきた正義すらも私の意思で呑み込んで、私の望む新しい『正しい』に変革させてやりますよ！」

　たとえそれが自身を深く傷つけようとも……もう私は見落とすなんて『もったいない真似』してやるものですか！　そう言い切ったシアン姫は俺の方へと近づいていく。

「俺を見ろ！　王国が今まで切り捨ててきて、貴様がこれから拾おうとする者を、しっかりと己の目に焼き付けやがれシアン！」

　目を逸らすなよ！　と俺はシアン姫に対して獰猛に嗤う。無数に痣が出来て、体中を斬られてボロボロになっていたとしても、俺は誰かに救われたいと願うだけの弱者に成り下

がる奴だと思うのか⁉︎

シアン姫も俺が何を言いたいのかを理解したのか、レイピアを抜いて切っ先を俺に向けながら困ったように微笑む。

「強情ですね、タイタンさん」

「負けるのが『死ぬほど』嫌いなんでな」

「私が強欲だとしたら、あなたはとんでもない傲慢ですす……ふふっ、でも奇遇ですね。私も負けるのは『死ぬほど』嫌いなんですよ！」

俺たちは同時に互いの距離を詰めるために走り出す。俺の意思を貫くために、タイタンに身体は使わせない！

「うおおおおおおおおおおおおお！」

「やあああああああっ！」

激しい打ち合い。シアン姫の脇腹を狙った突きを弾き、返す刀で剣を振るう。彼女は弾かれた勢いをそのままに後ろに下がり素早く距離を取り、俺の剣の間合いの外へと逃げる。そこをすかさず追撃に一歩大きく踏み込みながら、斬り上げるように縦に一閃！

しかし読まれていたのかシアン姫は半身になって最小限の動きで躱し、がら空きの俺の胴体へとレイピアを叩き込もうとその腕を伸ばす。そこらで倒れている生徒なら確実に食らっているであろう鋭い一撃……だがっ！

「っだああ！」

「……っ、私以上に身軽ですね！」

俺は回し蹴りで踵からレイピアを蹴り飛ばす、不完全な体勢から放ったためシアン姫からレイピアを飛ばせなかったが外させただけでも万々歳だ。

シアン姫はどんなスキルを持っているのかを俺に知られていると確信しているのか、この前のように簡単には使ってこない。そのお陰でこんなボロボロの身体でもなんとか反応出来ていた。

「私はっ！　あなたを絶対に見捨てない！」

俺との激しい剣戟の中、シアン姫は叫ぶように俺に語りかける。彼女の乱撃を一つずつ弾き落としながら、俺も呼応するように彼女に己の意思を叫ぶ！

「俺はこの現実を潰すッ！　俺が俺であるために、この現実の上で胡坐をかいている貴様の『正しい』など今ここでッ！　綺麗ごとのまま終わらせてやる！」

「私が死ぬ気でその綺麗ごとを実現させると決めたんですッ！　私の正しいに、あなたは黙って『付いてきなさい』ッ！」

「ぐっ……！　断るっ！」

《王令》でレイピアから逃れようとした俺を抑え込みつつ、確実にレイピアを当てようとしてくるシアン姫に対して、俺はブチブチと筋繊維が切れる音を聞きながらも無理やり身体を動かして回避する。

斬っては躱し、躱しては突く。お互いに息の詰まるような攻防を、己の勝利という渇望を糧に剣を振るう。互いが譲り合わない永遠とも思える時間……だが、現実は非情なもので血を流しすぎていた俺の身体は、意思に対して反応が徐々に鈍くなっていった。

ふと気が付けばシアン姫と俺の周りが血まみれになっている。これ全部俺の血か……あまり時間は残されていないな。

彼女も体力の限界なのか、さっきから肩で息をしている。そうか、スキルは動きを補助してくれるがゆえに体力の消費が少ないメリットもあったのか……どうでもいい新しい発見だ。

「こ、こっちっす！　こっちにケガ人が！」

「これは……」

「戦っている、王女様が」

お互いが見合っている中、訓練場にドタバタとアイグナー、フルル先生、クロノの三人が来る。後から続いてきた救護班らしい生徒たちも、訓練場の凄惨な光景を見て絶句していた。

「はぁ……はぁ……」

「ぜぇ、ぜぇ……」

「二人ともやめるんだ！　その出血量……このままだと死ぬよ！」

　フルル先生が慌てて止めに来るが、俺とシアン姫は揃って彼女の方を向く。来るな、とお互いの目がそう言っているのが伝わったのだろう、フルル先生は足を止めた。

「タイタンさん、次で最後にしましょう。私も限界ですので、次の一撃に私の全てを賭けます」

「望む、ところだ……ッ！」

　じりっ……とわずかに右足を後ろに下げたシアン姫がレイピアを腰まで引くように構える。俺がもう躱しきれるほどの余力が残っていないのと、自身の体力を考えて《刺突》のスキルで勝ち切るつもりか……。

「お願いですタイタンさん、『受け止めてください』」

《王令》まで使って完全にロックオンされる。そんな俺も、だらりと剣を力無く下げ、何も持っていない右手を軽く前に出した。

「最初から逃げねぇよ。貴様の想いを受け止めて、それでも俺が勝つ」

「ふふっ、次は胸揉んじゃダメですからね？」

軽い冗談を交えながらも、目はしっかりと闘志が宿っている。心配しなくても、もう胸ぐらを掴む握力も残ってねぇよ……大きく右足を前に動かしシアン姫が勢いよく飛び出してくるのに対し、俺は右手を前に出したままタイミングを待つ。

シアン姫のステータスは素早さと器用さが高くて捕まえにくい、逃げられたら俺の負けだ……っ、だったらッ！　腕の一本ぐらいくれてやるッ！

そのままシアン姫のレイピアを前に出した右腕で受け止める。シアン姫は驚いて刺さったレイピアをすぐに引き抜こうとするが、そんなことを許すはずもない！

剣を放り出してシアン姫の手首を左手で掴む。勝利の一瞬は剣じゃ間に合わない、俺は思いっきり腕を握り潰すつもりで力を込めるとシアン姫のレイピアを掴む手が緩んだ！

俺は肩から彼女にぶつかって距離を離す。シアン姫は手に何も持っておらず、俺の右腕には刺さった彼女のレイピアがある！

激痛に耐えながら腕からレイピアを引き抜いて、シアン姫に向かって歩く……これで、俺の……勝ち……。

どさりという音がする。あれ……身体が動かない……遅ればせながら、俺が倒れているという事実に気が付いた。おい、動けよ……もうすぐで勝てるんだよ、もう少しなんだよ

っ！

「こんなところで、倒れてる……ッ！」

「わけには……ッ、いかないんですよ……ッ！」

意識が落ちそうになる中、ただ勝ちたいという気持ちだけがお互いに熱く燃え盛っている。

勝つ、勝って自分の、正しいを……理解させる！　あと少しだ……あと……少、し……。

そこで俺の意識は途絶えた。


訓練場に学園の救護班が集結する、その陣頭指揮をとっているのは一人のピンク髪の幼女。白衣を着た彼女は普段とは違う逼迫した面持ちで救護班に指示を出していた。

「出血していたそこの二人は《治癒》したから担架で持って行って！　そこらで倒れている生徒たちは麻痺しているだけみたいだから落ち着いて麻痺直しを投与！」

「「はっ、はい！」」

「それよりも問題はこっちだ……タイタン君、君はなんでこんなにも酷い状態で戦っていたんだ……ッ」

大量出血していたのは分かっていたが、実際に《治癒》を発動したフルル先生はそのあまりの重傷ぶりに絶句する。

「内臓がいくつか破裂してるし骨も折れてる……筋肉も断裂していてもう壊れてない所を探す方が難しいじゃないかっ⁉」

「救助。王女様を、先生」

「大丈夫、彼女は疲れ果てて倒れているだけだクロノ君。目立った外傷もなかったからすぐに目を覚ます……問題は彼だ」

心配そうに白衣の袖を引くクロノをなだめたフルル先生は、目の前の患者の容態を確認する。

「ボクの《治癒》は同じ人に掛けるにはクールタイムがある、内臓の破裂はなんとかしたけど血を止めないと！　早く包帯を！　血を流しすぎている、このままだと……彼は死ぬ！」

「ははっ……『悪』は死ねばいいんだ、正義は必ず勝つ……」

彼女が救護班に包帯の追加を指示していると、ボソッと手にタオルを巻いていたハルトの声がした。救護班の慌ただしい救護活動の音に消えてしまいそうなほどのくぐもった小さな声……しかし次の瞬間、彼には本能的な恐怖がその身に刻まれることになる。

タイタンを前にした以上の殺意とプレッシャーがハルトに襲い掛かる、今すぐ本能のままに逃げ出したいのに恐怖で足が動かない彼に、タイタンに包帯を巻きながら今まで聞いたこともないような低い声でフルル先生が告げた。

「ハルト君……ボクの前で、二度と、そんな言葉を吐くな」

「っは、っは……！」

「正義だ悪だなんて論じる前に、目の前にいるのは一人の人間だ。ボクの前では等しく患者なんだよ……失われていい命なんて、どこにもない」

「かひゅー……かひゅー……」

「君もボクの生徒であり患者、だから助ける。でもね……あまりボクを、怒らせないでくれ」

泡を吹きながら倒れたハルトを横目で見て、溜飲が下がったのかクロノにいつもの調子で保健室から包帯を取ってくるように彼女は頼む。

フルル先生のいつもとは違う雰囲気にみんな戸惑って手が止まっているのを見て、彼女は怒声を上げた。

「手が止まってるよ！　訓練場に患者を寝かせたままでいいと思ってるのかい⁉」

「『い、いえっさー！』」

「ボクは女だからせめて返事は『いえすまむ』だよっ！」

慌てて元の救護活動に戻った彼らを確認した後、彼女はタイタンの右腕から未だ流れる血を新しいタオルで押さえながら《治癒》のクールタイムが明けるまで必死の救命活動を行う。

「くそっ、思わず《魅了》使っちゃったなぁ……自制しないと」

そんな彼女の呟（つぶや）きは救護班の足音に掻（か）き消されるのであった。

エピローグ『進みたいなら、己の足で』

ゆっくりと意識が浮上する、右手に温かい感覚と独特な薬品の匂いが鼻に届く。俺がツンとしたアルコール臭がする薬品の匂いに反射的に呻(うめ)くと、近くでモゾモゾと何かが動く音が聞こえた。

目を開けると外は既に夜なのか暗く、月明かりが窓から差し込んでいる。頭が重い……動かすことも億劫(おっくう)だ。

「ん……起きたのかぃ？」

「せん……せい？」

「自分の名前は……言えるかい？」

「タイタン……オニキス」

「うん、脳への後遺症もなし、だね……」

右手の温かい感触が離れると同時に、フルル先生がのそのそとカルテを取り出してペンを走らせる。目を擦りながら書いているのを見てると、俺のせいで起こしてしまったのが分かって申し訳ない気持ちになる。

身体が小さいせいで、着ているダボダボの白衣の袖がずり落ちてカルテの記入を邪魔されているフルル先生。彼女はため息をつきながら白衣を脱いだ。

「すみません、先生……起こしてしまって」

「いいんだ……君の意識が戻ったことを知った方が、ボクは安心だ」

へにゃりと笑いながら彼女はカルテをベッドに放り投げると椅子から下りて、ポンポンと俺の頭を撫(な)でる。ベッドに寝ているのに先生の身長が低いから顔が近い……。

「寝起きだからかな……？　珍しく素直な君が見られたよ」

「……頭が回ってないだけですよ」

「ふふっ、今はまだ夜だ。もう少し寝るといい……ふわぁ、おやすみタイタン君。また明日(あした)」

あくびをしながらカルテを持って立ち上がるフルル先生。彼女が去り際に《魅了》を発動したのか安心感が流れてきて瞼(まぶた)が落ちる、そのまま抗わずに俺は再び意識を落とした。

次に目を覚ました時、ちゅんちゅんと雀の鳴き声が耳に入ってくる。窓から差し込む光を閉じた瞼越しにうっすらと感じて自然と目が覚める。

ボーッとベッドの上で上体を起こし、俺はここがどこかを思い出した……あぁ、保健室か。

「おはよう寝坊助君、よく眠れたかい？」

「えぇ、とても心地の好い眠りでした」

「それは良かった」

珈琲の良い香りがする。匂いの元を辿ると、保健室の机に湯気が立っているカップが一つ置かれていた。

その珈琲を持ち上げて、一口すすったフルル先生の頭には寝ぐせがついていた。そんな彼女を俺が見ていると、寝ぐせが直らなかったんだよ……と恥ずかしそうに彼女は笑った。

「まずは、君がどんな状態だったかを説明するね。端的に言うと、君は一回心停止に陥った」

「……っ」

「寝起きでこんなことを言ってごめんね。でも君の無茶を止めるために、言わないといけないんだ……大量出血で心臓が止まった君を何とか蘇生して救い出したけど、君の身体は限界だった。君が目を覚ますまで五日を要したよ」

「五日……っ!?」

「あ！　待って、そんなに急に動いたらっ！」

俺はそんなにも寝ていたのか……!?　早く、寝ていた分の遅れを取り戻さないと！　俺は布団をはねのけてベッドから立ち上がる。その瞬間、頭がフラッとして視界が歪んだ……あれ、足に力が入らない。

「危ないッ！」

フルル先生がすぐさま俺を支えに入るが、先生の体格で俺の身体を支えきれるはずもなく、俺は先生を押し倒した状態で転んでしまった。

「いっつ……すみません先生」

「まったく、君は血を流しすぎて貧血なんだ。しかも今まで寝ていたからごはんも食べてない、いきなり動いたらそりゃ倒れる」

そう言いながら先生は俺の身体から抜け出そうと俺の頭をぐいぐい押すが、俺の身体が重くてとても動かせそうにない。かといって俺も手足に力が入らず、顔がフルル先生のお腹に乗っているというこの状態から体勢を変えられない。

「ふに～っ！　……ふむ、全然動かない。タイタン君、動けるかい？」

「残念ながら……」

「……おっけー、ボクがもう少し粘ってみるよ」

端から見たら『幼女を襲ってお腹に顔を埋めて頬ずりしている変態』だな。フルル先生の高い体温とミルクっぽい匂いが伝わってきて恥ずかしい気持ちになる。早く抜け出さないと。こんな状況誰かに見られたら……。

――ガラッ。

「タイタンさん！　目を覚ましたんです……ね……」

「危険。廊下を走ったら、王女様」

「…………」

「ふにににににに……っ！」

保健室の扉が開いて、よりにもよってシアン姫とクロノが入ってきた。誰か俺を殺してくれ。

保健室の空気が固まる。おかしいな、フルル先生の高い体温を感じているのになぜこんなにもガタガタ震えてるのだ俺。

「な……っ、何をしてるんですかあなたは⁉　私の次はフルル先生ですか！　見境無しですかこの変態！」

「待て！　これは誤解だ！」

「お、丁度良かった。シアン王女様、ちょっと手伝ってくれませんか？」

「誤解だと言うのならまずフルル先生から離れなさい！　いつまでひっついてるんですか!?」

「貧血で身体が動かんのだ！」

「お、クロノ君もいるじゃないか、ボクを手伝っておくれよ～」

圧倒的なまでの混乱具合。貧血の頭にシアン姫の大声が響いて痛い……それでも俺は必死に弁明を続けた。

「私がどれだけ心配したか……っ、先生から『起きられた』と連絡が入って急いで来てみれば、あなたという人は起きて早々ベタベタと～！」

「ベタベタなどしていない！」

「せーので両足を引きずる、私は」

「ケガ人は丁重に扱わないといけないよクロノ君……ふにぃ～！　だめだ、やっぱり抜けられない」

まさにカオス。シアン姫は顔を真っ赤にして怒るし、俺はフルル先生のお腹に頬ずりしながら「誤解だ！」と叫んでるしフルル先生は……うん、健気に頑張っている。

クロノは軽蔑の目でこちらを見てくるばかりだし。いやもうケガ人とかどうでもいいから、俺を引っ張るなりなんなりしてこの状況を改善してくれ！

「確認。ロリコン、お前は」

「事実確認する前にやることあるよなぁ!?」

「ふふふ……失礼いたします」

シアン姫がそう言って近づいてくる。笑っているはずなのに目が完全に笑っていない彼女が歩いてくる姿はまるで処刑人のよう。不味い、彼女の背後からいつか見た凄まじい黒いオーラが溢れている……。

「だったら私が今すぐ動かしてあげますよ」

「シ、シアン姫？　レイピアに手を掛けて、どう動かすおつもりなのでしょうか……？」

「私、とあるスキルで人を強制的に動かすことが出来るんですよねぇ……」

そう言いながら近づいてくるシアン姫。《王令》だよな？　《王令》なんだよな!?　レイピア使う必要も近づく必要もないよな!?

思わず敬語を使ってしまう俺に、それでも止まらないシアン姫が妖艶に笑う。

「ふふっ……タイタンさんが悪いんですよ？　女性にセクハラをする変態を野放しにする

のは民の安全が脅かされますのでぇ――」

　キッーいお仕置きを、王女として果たさないといけませんね？　と近付いてきた処刑人（シアン姫）。鞘ごと腰からレイピアを外し、突きの構えをとる……むっ、あの構えは《刺突》の派生技である《一閃》！　《一閃》!?

「《一――」

「あー……制服でそんなに近付かない方が良いよ王女様？　ボクからでもスカートの奥が見えちゃってるからさ、流石にはしたないと思うよ？」

「えっ？　……きゃあっ！」

　俺の目の前まで来て《一閃》を放とうとしたシアン姫。そう……倒れている俺の目の前に来てしまったのだ。そうなると当然――。

「……見ました？」

「…………」

　スカートを押さえて顔を赤らめつつそう聞いてくるシアン姫。見たかどうかって？　俺が必死に目を逸らして沈黙で返しているのが答えだ馬鹿者。

「うっ……うううううぅ！　タイタンさんの馬鹿！　変態！　色情魔あああああああ！」

「追いかける、シアン姫を。私は」

「あぁ！　せめてボクを助けてから出て行ってくれよぉ！」

耳まで真っ赤になったシアン姫が、涙目になりながら全速力で保健室から出て行き、クロノも彼女を追いかけて保健室からいなくなる。

色情魔という新たな罵倒ワードを獲得したシアン姫に謎の成長を感じながらも、俺は危機が去ったことに安堵する、その代わり何か大切なものとシアン姫の好感度を犠牲にしたような気もするが。

残された俺とフルル先生は顔を見合わせる。結局この状況の解決策が思いつかない俺たちは途方に暮れた。

「どうしよっか？」

「……すみませんがもう少しこのままで。少し動けるようになったらすぐに離れますから」

「はぁ、それしかないね。せめて早く動けるようになってくれよ？　さっきからお腹が重いんだ」

「善処いたします……」

俺とフルル先生は同時に大きなため息をついた。結局誰も助けに来ることはなく、ただただフルル先生との時間だけが過ぎていく。そんな中、何かを思い出したかのように彼女はピンッと上に人差し指を立てた。

「あ、そうだ。一つ報告」

「報告？」

「君を含め訓練場にいた生徒たちの処遇が決まったよ」

白衣からメモ帳とペンを取り出すフルル先生。そして俺の頭をお腹に乗せたまま、ペンで俺のつむじをツンツンと突いてきた。少し身を硬くした俺が分かったのか、そんな心配しなくていいよ、と彼女は微笑む。

「タイタン君に関しては完全に被害者ということもあってお咎めなし。生徒たちに過剰に反撃したのもあって処罰は必要なんじゃないかーって声もあったけど、シアン王女様が『私の、王族の責任です』ってボク達教師に君への温情を直談判しに来たんだよ？」

「シアン姫が……そうですか」

「王女様に後で感謝しときなよ？　あんなにも険悪なムードだったたっていうのに……一ヶ月の間に何があったんだい？」

そう言いながらからかうような目で見下ろしてくるフルル先生。そんな女たらしめっ、みたいな顔されても俺は何もしてませんよ。

そんな顔も一瞬で消し、今度は少し硬い表情でフルル先生は他の生徒の処遇を語る。

「他の生徒たちに関しては、これもシアン姫が責任を負って許そうとしたけれど……さすがにやったことの重大さを認識させるために、実行犯のほとんどは停学処分となった」

「ほとんど？」

「王女様を遠ざける役割だった生徒たちがいてね。罪は比較的軽いってのと、計画には乗ってしまったけど、王女様に言われて反省した子たちがいるんだよ」

それでも反省文と長期の学園奉仕の罰は下ったけどね、と今回の騒動が割と大きかったことをフルル先生は教えてくれた。

「ボク達担任は監督不行き届きってことで減給さ……あ、放課後の訓練場の使用には教師の許可が必要になったから使いたい時は言ってね？」

「……対応が早いですね」

「王女様がいる時に起こった学園の不祥事なんだもん、処罰と対応を迅速に行って王様に報告しないと、学園ごと閉鎖されてしまいかねない」

それだけは避けないといけないからね、と全てを報告し終わったフルル先生はつむじを突くペンを止めたと思うと、持っていたメモ帳で俺の頭を軽く叩いた。

「無茶をしたもんだよ、まったく。腕に刺さったレイピアを無理やり引き抜くとか、気絶するぐらいの激痛が走ったはずなのに」

「でも、そうしないと――」

「勝てなかった、でしょ？　君の勝利への渇望は常軌を逸している、本来なら叱らなきゃいけない……んだけど。君のその本気でぶつかろうとする意思は確実にシアン王女様に良い影響を与えているとボクは思ってるから、あんまり怒るに怒れないんだよ」

これじゃあ教師失格だ、と困った顔でフルル先生が笑う。そして昨日と同じように俺の頭をポンポンと軽く撫でてきた。

「王女様はこの国の宝だ、だから周りは傷つけないように……壊れ物のように扱う。でもそんな環境で育った彼女は、人の気持ちを考える事や自身が行った選択によって傷つく人がいるということを知らずに育ってしまった」

「まぁ、そうですね」

「宝石は磨かないと輝かない。彼女に真っすぐ本音でぶつかって傷つけた君は、彼女の目指す『等しい』の最も理想的な人だと思う。でもね……得てしてそういう人は嫌われてしまう」

「……覚悟は出来ています」

「違う違う、ボクが言いたいのは『覚悟しとけ』ってことじゃなくて『理解してくれる人が側にいるよ』ってこと。今回みたいに問題が発生したらすぐにボクを呼びたまえタイタン君、なぁにケガぐらいならボクがちょちょいと治してやるさ」

ボクは先生だぜ？　とフルル先生は笑いながら慈愛の目で俺を見下ろしてくる。

「ボクがいる限り、誰も死なせたりなんかしない。だからまあ……そんなに急がなくてもいいよ、少しずつ強くなっていけばいいんだ」

「……先生がそう言うなら、従うしかないですね」

「うん、そうだよ」

保健室にゆったりとした時間が流れる。珈琲の匂いが落ち着くまでの十分間、俺は目を閉じて先生に身体を委ねていた。

「うぅ、重いなぁ」

「……すみません」

ちょっと罪悪感を覚えながら。

身体が動かせるようになった後、フルル先生が「何か食堂から買ってくるよ」と言い残して保健室を出て行くと、入れ代わりにシアン姫とクロノが入ってきた。

いったん逃げ出して頭が冷えたのか、すごく申し訳なさそうな顔をしながら俺が寝ているベッドの近くまで来る。

「すみません、取り乱しました……」

「誤解が解けるのならもういい、王女が頭を下げるな」

「たとえ罪悪感を軽くするための謝罪だとしても頭を下げなければ、私が恥ずかしさのあまり死んでしまいます……」

「かわいそう、王女様が」

ぽんぽんと小さくなっている彼女の背中をさすりながらクロノがそう言ってくる。へいへい、言われなくても許すって、俺がもういいと顔を上げさせると、シアン姫は何か思いつめたような表情をしていた。

口をもごもごと動かして、言い出しにくそうな雰囲気を感じる。少しの静寂の後、シアン姫が意を決したかのように言葉を発した。

「……あの時に訓練場にいた生徒たちは停学処分になりました」

「フルル先生から聞いた。いつまでかは分からんが、まあ頭を冷やす良い機会になるだろう」

「……あの人たちがタイタンさんに暴力を働いたのは本を正せば私のせいです。なのに、その責任を先生方から負わせてもらえませんでした」

これでは、間違っているものを切り捨てる『等しい』と同じじゃないですか……と彼女は俯きながら力なく呟いた。

まったく、王女としての責任を強く意識しすぎて根本を見失っているな。俺はため息をついてシアン姫に現実を語ることにする。

「貴様一人が『等しく』と考えて動き、傷ついたとしても愚かな民衆は幸運だったとしか思わないだろう」

「っ……」

「命令。訂正しろ」

慌てるなクロノ、この話はただシアン姫を否定しているわけではない。下唇を噛んで悔しそうにしているシアン姫に、俺は言葉を続ける。

「世の中には『絶対悪』と『相対悪』の二つがある」

「……絶対悪と、相対悪」

「貴様の言う『誰も切り捨てない平等』に必要なのは『相対悪』への理解であって『絶対悪』を許す事ではない」

絶対悪とは他人を犠牲にしてでも私利私欲を満たそうとする行為を指す。今回の奴らの行動は、どれだけ正義を語ろうとも『気に入らない俺をボコボコにしたい』という私欲を満たすためでしかない。

「だから、そこを許してしまえば人は堕落する。罪を罪として認識出来なくなれば、それはもう人ではなくただの畜生だ」

「ですが、彼らを暴走させてしまったのは間違いなく私です」

「それは受け取る側の責任であって貴様の責任ではない。貴様が負うべきは『自身の考えを他人に理解させせようとしなかった怠慢』だけだ」

「そう……なんですね」

ぎゅっと拳を握ったシアン姫は、俯きながら何かを考えるように目を閉じる。王女として何もかもを一人で負おうと張り詰めていたのだろう、全ての悪は見方を変えれば正義がある……と考えてしまったのは間違いなく俺のせいだ。今まで悪というものを見てこなかった彼女は、絶対悪にすらも理由を求めて自分を責める材料にしてしまったのだろう。

そんな彼女の姿を見ていると、ふとあるイベントを思い出した。こんな風に自身の在り方について悩んでいたシアン姫に主人公は——。

「『一人でなんでも出来るようになる人なんていないんだ。みんな誰かと手を取り合って生きている、君だって誰かの手を取っていいんだ』、か」

「なんですか、それ……タイタンさんらしくない言葉ですね」

「だろう？　俺も口に出して『ありえないな』と思ったところだ」

「……優しい言葉ですね。とても優しくて……とても残酷な言葉です」

ああ、俺もそう思う。このセリフは暗に、お前は絶対に一人じゃ目的を達成出来ないと告げているのだ。『人に頼ることは弱さなんかじゃない、立派な君の強さだ』なんて、人の成長や変革を殺すセリフでしかない。

そんな醜悪な優しい言葉を吐くぐらいなら、俺は『主人公』であることよりも『悪役』であることを選ぶ。

「自分一人では達成出来ない困難な茨の道を進みたい時、必要なのは他人を使うことだと俺は思う」

「他人を、使う……？」

「そう、『頼る』ではなく『使う』だ。己の意思は自分のだけのものであり、そこにたどり着くまでの茨の道を歩むのもまた自分だけ。ならば今の自分を成長させることでしかその道は進めないと思わないか？」

「……自身の成長のために『他人を使え』とタイタンさんは言うのですね。自分一人では気が付かなかったことも他人を経由すれば気が付く、それを己の糧にして自身を更新し続けろと」

顔を上げたシアン姫に、正解だとばかりに俺はニヤリと笑った。俺の話は、確かに今まで肯定しかされてこなかった彼女の認識を大きく変えたと思う。だが俺という『他人』の考えは、彼女の『等しく』という意思そのものを変えるものではないと今の彼女なら気が付けるだろう。

シアン姫はもうただのキャラクターじゃない。考えながら行動し、成長する一人の人間だ。ヒロインの考え方から未来まで丸ごと捻じ曲げてやったんだ、少しは悔しそうな顔をしてもいいんだぜ運命さんよぉ？

そんなことを考えながら、俺は声色を明るくしてシアン姫に話しかける。

「これで少しは、肩の荷が下りたか？」

「えぇ。何の罪もない人も罰せられるような『等しい』は、私が望む未来ではありません。必要なのは誰もが納得出来るような基準……私はいつか上に立つ者として、もっと他人を知らなければいけませんね」

「ほらクロノ、これでいいだろ？」

押し黙っていたクロノの方を向いて肩をすくめると、満足そうに親指を立てていた。調子のいい奴め……俺がそんなクロノの姿に毒気を抜かれていると、シアン姫が俺に対して礼を言う。

「ありがとうございます」

「礼ならけしかけたクロノに――」

「いえ、この感謝はあなたが受け取るべきです。今回の事だけではなく、ずっと『等身大の』私を見てくれていた。私が前より成長出来ていると自負出来るのは、間違いなくあなたのお陰です」

「……そうかよ」

――背中がむず痒い、きっと今まで寝ていたからだ。シアン姫も馬鹿だな、悪役である俺が他人を思いやるわけないだろ？　まったく俺のために利用されているのも知らずに……だから、そのっ……っだあ！　そんなニヤニヤしながら俺を見るな！

何か含みを持った笑みを浮かべている二人から顔を背けつつ、話題を変えようと有耶無耶になっていたあることを思い出す。

「そういやあの勝負、結局どっちが勝ったんだ？」

「え？　……ああ、どっちの勝ちでしょう？」

「貴様は武器を失ってたし俺が最後武器を持っていたから俺の勝ちだな」

「いえいえ、ケガや戦況を含めて私の勝ちでしょう？」

お互いに勝ちを譲らない姿が可笑しくて、二人同時に噴き出してしまう。

「ふっ……」

「ふふっ……では二人とも勝ちということで。元気になったら、また戦いましょう。今度も私が勝ちますからね」

「いーや、今度こそ俺が勝つ。そうだな……俺が勝ったらそろそろ魔物狩りを解禁してもらおうか」

「では私が勝ったら、何でも言う事一つ聞いてもらいましょう」

不思議そうに首をかしげているクロノを置いて、俺たちは笑う。良い度胸だ、俺を言いなりに出来ると思うなよ？

そのためにも、さっさと元の生活に戻らないとな。

あとがき

書いているのに「書かざる」。どうも初めまして、夏歌沙流と申します。
この度は本作を手に取っていただき誠にありがとうございます。

本作は第8回カクヨムコンテストの特別賞受賞作、『死亡フラグは力でへし折れ！～エロゲの悪役に転生したので、悪役らしくデバフで無双しようと思います～（以下、Web版）』を書籍版として出すに伴い、改稿をした作品となっております。

Web版をすでに読んでいる方なら既にお気づきかと思いますが、書籍として出すにあたりイベント内容を一新。世界観の見直しとキャラクターの更なる深掘りを行った結果、ほぼ全改稿する流れとなってしまいました。

そんな大改稿をするにあたって、担当編集であるI様には大変お世話になりました。そのお陰でWeb版から何段階もパワーアップしたものを書くことが出来た、と自信を持って胸を張ることができます。この場を借りてお礼申し上げます、本当にありがとうございました。

さて、真面目な話はここまでにして。オモチャを母親に買ってもらえない子供の如く、編集さんに駄々をこねまくったお陰で何とかあとがきを書く余裕を数ページもらったので少しだけ裏話をしていきましょう！　あの時の編集さんのドン引きした目と困った顔、一生忘れません。

まずは本作について。今作品は「運命に抗って成りあがっていくかっこいい主人公を書きたい」という気持ちと、「えっちなもの書きてぇー」という気持ちを存分に詰め込んだものになっております。ちなみにえっちなもの書きたいが7割です。

残りの3割のお話をしますと、才能や現実といった大きな壁に阻まれたときに、それでも貫きたい意志や理想があれば大抵何とかなるよと言うメッセージを込めたかったという想いがあります。

「この世は才能が全てで、努力なんて意味がない」「現実は甘くない」と諦めてしまうのは簡単です。そして厄介なことに、ある意味事実でもあるんですよねこれが。

現実はファンタジーと違って甘くなんて無いし、才能がある者と無い者が同じだけ努力をしても成功するのは才能がある者だけ。だから夢も目標も諦めた方が人生のタイパが良いなんて思うことも。

私も何をやっても上手くいかない、努力をしても成功しない凡人でした。それでも小説を書くことは好きだったのできれいさっぱり小説家になる夢を諦めて止めてしまうことも出来ず……そんな宙ぶらりんだった私はある日、こう思ったのです。

「才能が無い者の悔しさや苦しみを知っているなら、そういった主人公が成りあがっていく小説を書いて、自分で自分の背中を思いっきり押してみよう」

と。凡人だからこそ、才能が無いからこそ書けるものがあるのではないか、自分と同じような悩みを持っている人がいたらその人の背中も押してあげられないか、と気が付けば筆を執っていました。もちろん、7割は「えっちなもの書きてぇー」でしたが。

そして気付けば夢は叶い、こうして小説家としてあとがきを書いています。

現実はファンタジーと違って甘くはないけれど、「成功」という事象は必ず現実にも存在します。すぐに成功するのは才能がある者だけかもしれないけれど、才能が無い者だって叶えたい夢や目標に向かってひたむきに走っていればいつか叶います。

この作品は、才能という大きな壁を前に叶えたかった夢を諦めてしまった人たちへ送る凡人のエールです。運命なんていくらでも自分の手で破壊できるんだぜ！　頑張れみんな！

次に謝辞を。

おやずり様、素敵なイラストの数々を描いていただき本当にありがとうございます。どうして私が脳内で想像していたキャラより魅力的なキャラが出来ているんですか？　最初にもらったイラストを見た時、あまりにも自分の作品にハマり過ぎててビックリしました。感無量です。

担当編集のI様、改めてありがとうございます。初の書籍化ということもあり、右も左も分からない私に対して優しく丁寧に、そして的確なアドバイスをしていただきました。本当に的確過ぎて打ち合わせ中「はい！」と元気よく返事する以外にやることがなかったぐらいです。はい！

また、カクヨムコンテストの時から読んでいただき応援していただいた読者のみなさまへ。本当にありがとうございます。みなさまのお陰で、こうして本を出せたこと、とても嬉しく思います。ヒロインたちのイラスト、めっちゃ可愛いよね？

そして本作品から私を知ってくださった読者のみなさまへ。この度は本作を手に取っていただき誠にありがとうございました。楽しんでいただけたでしょうか？「また読みたい！」と思っていただけたのであれば幸いです。

その他、本作に関わってくれた関係者の方々すべてに厚くお礼申し上げます。

ここまで読んでいただきありがとうございました。物語も始まったばかり、これからのタイタンたちの成長と活躍を書いていけたらと切に願うばかりです。

～死亡フラグは力でへし折れ！～
エロゲの悪役に転生したので、原作知識で無双していたらハーレムになっていました

著　夏歌沙流

角川スニーカー文庫　24182

2024年6月1日　初版発行

発行者　山下直久

発　行　株式会社KADOKAWA
〒102-8177 東京都千代田区富士見2-13-3
電話　0570-002-301（ナビダイヤル）

印刷所　株式会社暁印刷
製本所　本間製本株式会社

Printed in Japan　ISBN 978-4-04-114971-3　C0193

★ご意見、ご感想をお送りください★

〒102-8177 東京都千代田区富士見 2-13-3
株式会社KADOKAWA　角川スニーカー文庫編集部気付
「夏歌沙流」先生
「おやずり」先生

角川文庫発刊に際して

角川源義

第二次世界大戦の敗北は、軍事力の敗北であった以上に、私たちの若い文化力の敗退であった。私たちの文化が戦争に対して如何に無力であり、単なるあだ花に過ぎなかったかを、私たちは身を以て体験し痛感した。西洋近代文化の摂取にとって、明治以後八十年の歳月は決して短かすぎたとは言えない。にもかかわらず、近代文化の伝統を確立し、自由な批判と柔軟な良識に富む文化層として自らを形成することに私たちは失敗して来た。そしてこれは、各層への文化の普及滲透を任務とする出版人の責任でもあった。

一九四五年以来、私たちは再び振出しに戻り、第一歩から踏み出すことを余儀なくされた。これは大きな不幸ではあるが、反面、これまでの混沌・未熟・歪曲の中にあった我が国の文化に秩序と確たる基礎を齎らすためには絶好の機会でもある。角川書店は、このような祖国の文化的危機にあたり、微力をも顧みず再建の礎石たるべき抱負と決意とをもって出発したが、ここに創立以来の念願を果すべく角川文庫を発刊する。これまで刊行されたあらゆる全集叢書文庫類の長所と短所とを検討し、古今東西の不朽の典籍を、良心的編集のもとに、廉価に、そして書架にふさわしい美本として、多くのひとびとに提供しようとする。しかし私たちは徒らに百科全書的な知識のジレッタントを作ることを目的とせず、あくまで祖国の文化に秩序と再建への道を示し、この文庫を角川書店の栄ある事業として、今後永久に継続発展せしめ、学芸と教養との殿堂として大成せんことを期したい。多くの読書子の愛情ある忠言と支持とによって、この希望と抱負とを完遂せしめられんことを願う。

一九四九年五月三日

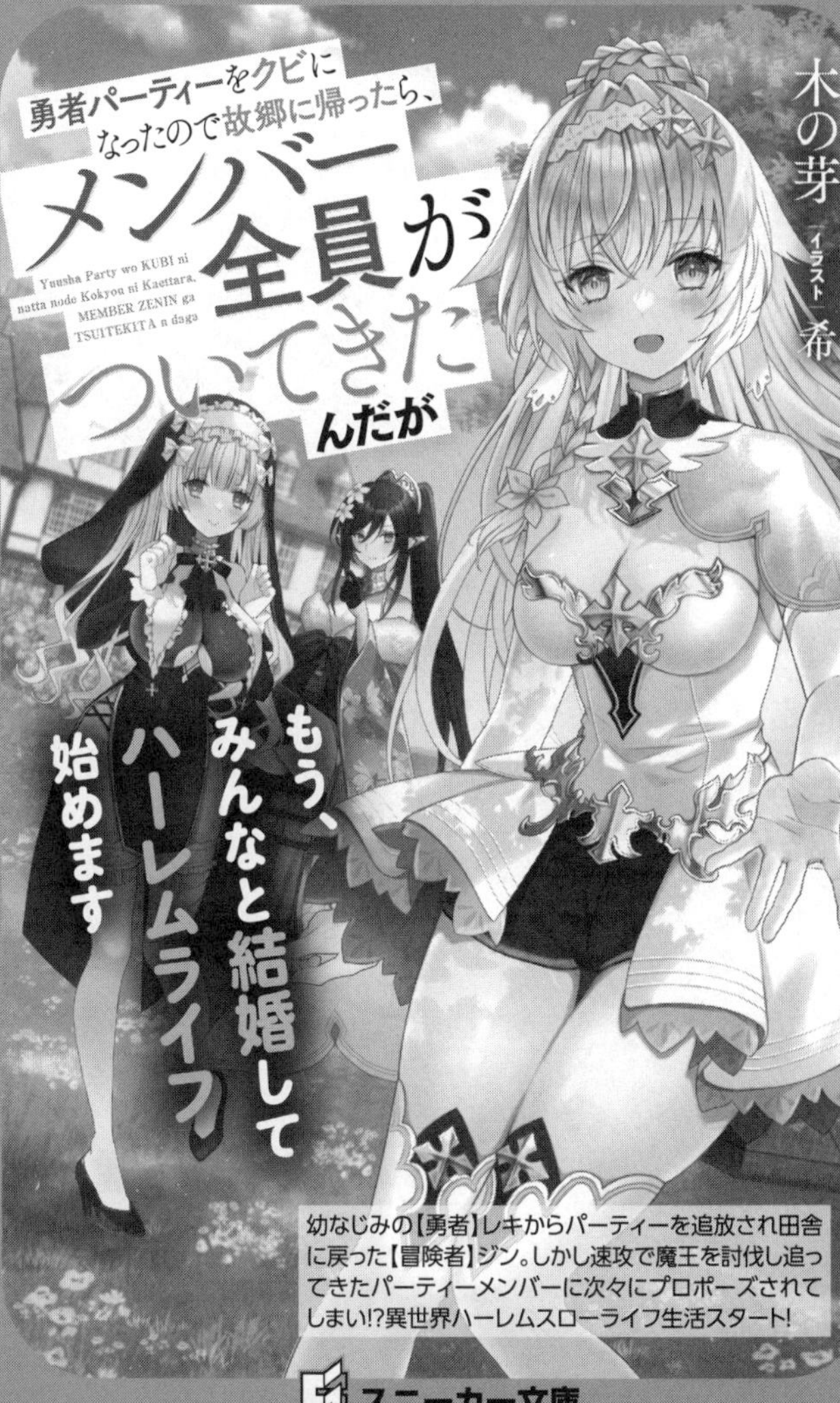

勇者パーティーをクビになったので故郷に帰ったら、
メンバー全員がついてきたんだが
Yuusha Party wo KUBI ni natta node Kokyou ni Kaettara, MEMBER ZENIN ga TSUITEKITA n daga
木の芽
イラスト 希
もう、みんなと結婚してハーレムライフ始めます
幼なじみの【勇者】レキからパーティーを追放され田舎に戻った【冒険者】ジン。しかし速攻で魔王を討伐し追ってきたパーティーメンバーに次々にプロポーズされてしまい!?異世界ハーレムスローライフ生活スタート!
スニーカー文庫

黒雪ゆきは
Kuroyuki Yukiha
画｜魚デニム
ill.Uodenim
極めて傲慢たる悪役貴族の所業
The Deeds of an Extremely Arrogant Villainous Noble
カクヨム
《異世界ファンタジー部門》
年間ランキング
第1位
悪役転生×最強無双
その【圧倒的才能】で、
破滅エンドを回避せよ!
俺はファンタジー小説の悪役貴族・ルークに転生したらしい。怪物的才能に溺れ破滅する、やられ役の"運命"を避けるため――俺は努力をした。しかしたったそれだけの改変が、どこまでも物語を狂わせていく!!
スニーカー文庫

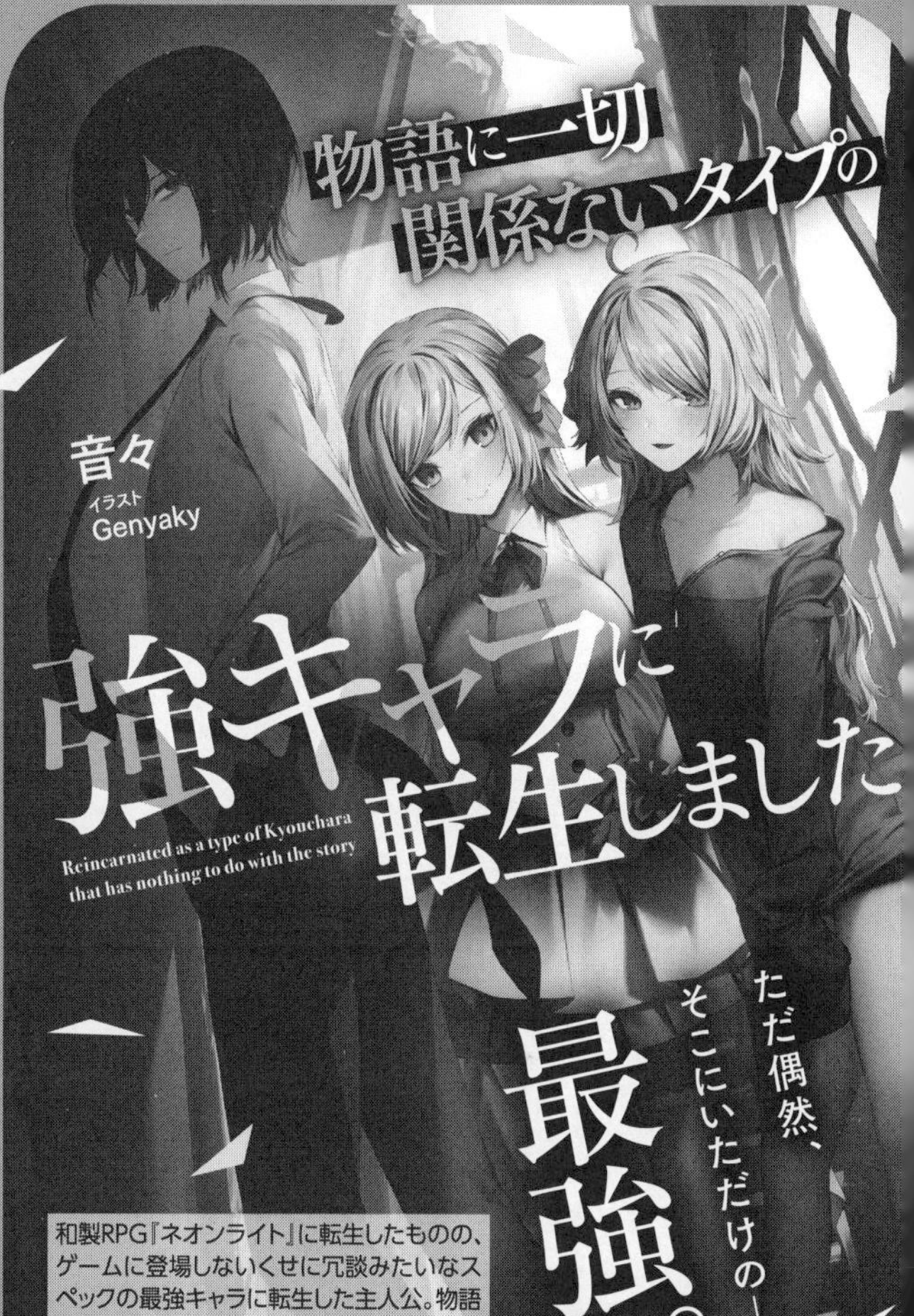
物語に一切
関係ないタイプの
強キャラに転生しました
Reincarnated as a type of Kyouchara
that has nothing to do with the story
音々
イラスト
Genyaky
ただ偶然、
そこにいただけの――
最強。
和製RPG『ネオンライト』に転生したものの、ゲームに登場しないくせに冗談みたいなスペックの最強キャラに転生した主人公。物語の流れに干渉しないよう大人しく生きるが、素知らぬところで世界は捻じ曲がる――。

スニーカー文庫

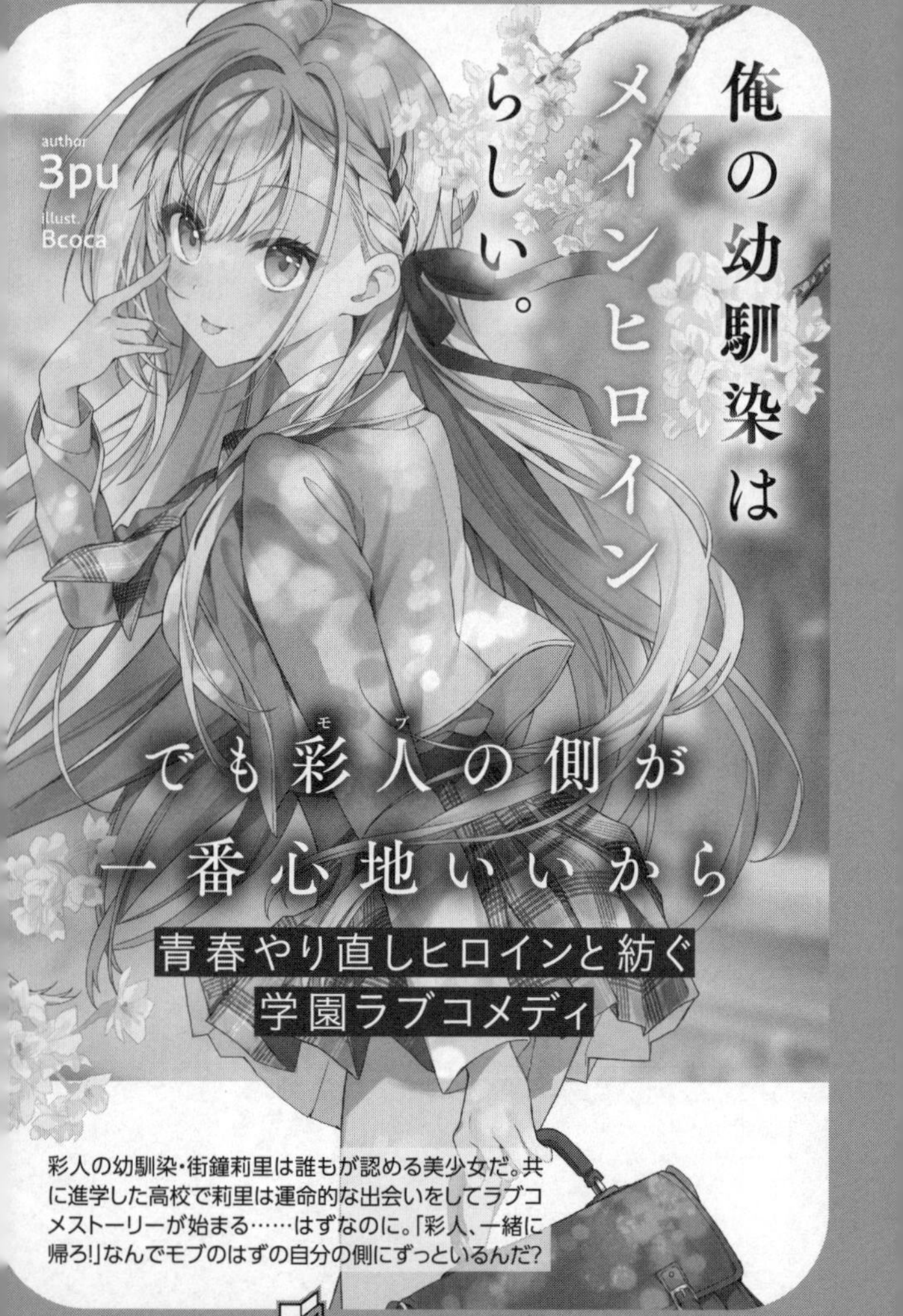
俺の幼馴染はメインヒロインらしい。
author
3pu
illust.
Bcoca
でも彩人（モブ）の側が一番心地いいから
青春やり直しヒロインと紡ぐ
学園ラブコメディ
彩人の幼馴染・街鐘莉里は誰もが認める美少女だ。共に進学した高校で莉里は運命的な出会いをしてラブコメストーリーが始まる……はずなのに。「彩人、一緒に帰ろ!」なんでモブのはずの自分の側にずっといるんだ?
スニーカー文庫

勇者は魔王を倒した。

同時に――

帰らぬ人となった。

誰が勇者を殺したか
駄犬 イラスト toi8
発売即完売！

続々重版の話題作！

魔王が倒されてから四年。平穏を手にした王国は亡き勇者を称えるべく、偉業を文献に編纂する事業を立ち上げる。かつての冒険者仲間から勇者の過去と冒険譚を聞く中で、全員が勇者の死について口を固く閉ざすのだった。

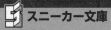

スニーカー文庫

世界最高の暗殺者、異世界貴族に転生する
The world's best assassin,
To reincarnate in a different world aristocrat
月夜 涙
画 れい亜
“伝説の暗殺者”、異世界で無双
最強×無敵の
アサシンズ・ファンタジー――！
特設サイトは▼コチラ！▼
世界一の暗殺者が、暗殺貴族の長男に転生した。現代であらゆる暗殺を可能にした知識と経験、そして暗殺者一族の秘術と魔法。その全てが相乗効果をうみ、彼は史上並び立つ者がいない暗殺者へと成長していく!!
スニーカー文庫